# 賢者の教室

～出席するだけでレベルアップ

1

三木なずな

Illustration なたーしゃ

# contents

# 01 レベル2～ニンジャ転生

目の前に走馬灯が流れる。
生まれてからの出来事が一気に駆け巡る。
学校に行って、卒業して、働いて。
何の変哲もない人生がコンマ一秒で流れた。
薄っぺらで、いつもひとりぼっちだった人生。
走馬灯の光景と現在が繋がった――その瞬間。
おれは、突っ込んでくるトラックにはねられた。

☆

「起きなさい、カルス、起きなさい」

誰かに体を揺すられる。心地よいまどろみを邪魔する無粋な感触と声だ。

無視しようと思ったけど、いつまでたっても止む気配はなく、仕方なく起きることにした。

知らない天井だ。造りの安っぽい木造の天井、角の木材がちょっと剝がれて、年季を感じさせる。

その横から女の人が顔をだしてきた。長い髪をアップにしたエプロン姿の女の人で、いかにも「おかん」って感じの人だ。

「やっと起きたわね。さあ、早く起きて支度をする。今日は大事な成人の儀式の日なんだから。遅れたら神父さんに怒られるわよ」

「……」

「どうしたの？」

「ここはどこ？　あなたはだれ？」

「何馬鹿なこと言ってるの」

女の人に頭をはたかれた。

「寝ぼけて母さんの顔を忘れたって言うの？」

「母さん？」

おれは耳を疑った。

目の前の女の人はおれの母さんだと名乗った。

それはない、間違いなくそれだけはない。

だっておれの両親も祖父母も１００％日本人で、目の前の人はナチュラルに髪が茶色だったり、瞳の色が青かったり、肌も白かったりと、どっちかというと欧米人って感じだ。

「いいから早く起きて、着替えたら降りてらっしゃい。教会まで一緒に行ってあげるから」

女の人はそう言って、部屋から出て行ってしまった。

訳がわからない、わからないけど、とりあえず動くしかなかった。

☆

家を出ると田舎そのものの光景がみえた。

まわりは全部木造の平屋で、地面もアスファルトとかコンクリートじゃなくて土と石が交じったもの、ところどころかこいがあってニワトリが放し飼いされている。

まさに田舎、農村の中にある実家の田舎よりも更に田舎だ。

寒村、という言葉が脳裏をよぎる。

その田舎にある一番立派な建物、西洋風の教会につれてこられた。

教会の中で、おれは神父に何か儀式のようなことをされている。

よく分からないけど、祈られたり、水を木の枝でふっかけられたり。

女の人の話だとこれは成人の儀式らしい。今日おれは16歳になって、成人したというのだ。

「神の御名において、カルス・ブレットのレベルを解禁し、最初の職業を与えます」

はあ……。

「受け取りなさい、これが神が与えた最初の職業です」

瞬間、おれの体が光った。

頭の中に文字が浮かび上がった。

――ニンジャ　レベル1

「なんだこれは」

「おわったの？　カルス」

「えっと……」

「職業は何になった？」

「職業って今頭に浮かんだヤツ？　それならニンジャってのだけど」

「ニンジャ？」

女の人は驚いて神父を見た。

「聞いた事ありませんけど、何かの間違いでは？」

「神は間違えません。珍しいですが、れっきとした職業の一つです」

「そう……」

なんかわからん。

ニンジャってのはまずいのか。

女の人はちょっと複雑な顔をしてから、手を組んでお祈りした。

「ありがとうございます、神様」

☆

「これからどこに行くの？　か、母さん」

「このノーリッチ村に一人だけいる、賢者ウィルフ様の所よ。カルスも成人してレベル解禁したんだから、賢者様の所で色々学ばないとね」

「はあ……」

母さんと一緒に歩きながら、村の中を見回す。

改めて見てもやっぱり田舎だという以上の感想が出てこない。

――あっ、ニワトリが脱走した。

飼い主らしき人が「捕まえてきてー」ってのんびりといって、子供がニワトリを追いかけている。

……メチャクチャのんびりしてる、のんびり過ごすにはいい所かもしれない。

それはいいけど、そもそもここってどこだ？

昨日までのおれ、会社と家を行き来する日本人の男。

今のおれ、16歳で成人の儀式とやらをしたカルス・ブレットという名前の少年。

もう何がなんだかわからなかった。

しばらくして、目的地にたどりついた。

村の外れにある目立たない木造の家。

ドアの前に立って、母さんがノックした。

「ふぁい、どうぞ」

中から気の抜けたじいさんの声が聞こえた。

母さんと一緒に中に入った。

中は大量の本が積み上げられた部屋で、一人のじいさんがロッキングチェアに座っていた。

メガネが変わってて、真っ白なヒゲがもじゃもじゃのじいさん。

なんというか、ものすごく偉くて賢い人の雰囲気だ。

そうか、この人が「賢者」なのか。うん、いかにもって外見してる。

「ウィルフ様」

「おお。ブレットさん。今日はどうしたんかいの」

「前にお話ししました件です。息子が成人しましたので、ここで勉強を見ていただきたくて来ました。ほらカルス、挨拶」

「か、カルス・ブレットです」

「そうじゃったのか。そういうことならわしにまかしんしゃい」

「ありがとうございます」

母さんはおれの方を向いて、言った。

「カルス。ちゃんとウィルフ様に教わるんだよ」

「あ、ああ」

とりあえず頷くと、母さんは帰ってしまった。

家の中には、おれとじいさんの二人っきり。

えっと……。

「あの……ウィルフ……様？」

おそるおそるじいさんを呼んだ。

「ふぁい」

じいさんはおれを見て、首をかしげた。

「はてどなた様でしたかのう」

「えええええ？　さっき自己紹介したじゃないですか。カルスですよ」

「ふぉあ……それでわしになんの用ですかいの」

「えええええ？」

なんかいきなり変なこと言い出したぞ？　母さんが賢者とか言ってたけど、本当に大丈夫なのかこのじいさん。

「えっと、おれは今日成人になったみたいで、それでウィルフ様に色々教わってこいと母さんに」

「おお、塾の受講希望生じゃったのか」

塾だったのか!?　って突っ込もうとしたけど、とりあえず「はい」っていってスルーした。

「で、えっと……」

「それならもうちょっと待つんじゃ。予定ではもう一人くるはずでな」

「はあ、そうですか」

おれ以外にも成人した……16歳になった人がいるってことか。

「ところで、どなた様でしたかのう」

「カルスです！　16歳のニンジャレベル1で塾の受講希望生です！　もう何から何までわからないので誰かに説明してほしい今日この頃なんです！」

盛大に突っ込んだ、ついでにヤケをおこした。

すると、じいさんの目の色が変わった。

「ほう、ニンジャか」

「え？」

「そりゃまた珍しい職業をもらったのう。覚えるスキルは偏ってるし法則もないし成長も遅いが、転職前提で考えればむしろ当たりのほうじゃ。問題は転職前提だと人生レベルの制限で苦労することじゃな。まあ、それも先人の道筋をたどっていけば問題はなかろうて」

「えっと……ウィルフ様？」

「最初がニンジャなら次は剣士か格闘家を目指すといい。どちらも相性はいいほうじゃ。それか――」

なんかいきなりはきはきと喋り出したぞこのじいさん。

それっぽいことを早口でまくし立てている。

なんかゲームの攻略に聞こえて、ますますわからない。

「ちょっと、ちょっと待ってくださいウィルフ様。そんなのをいきなり言われてもわからないです」

「うん？」

「もっとゆっくり、それかわかりやすくお願いします」

じいさんはおれをじっと見つめる。

「はて、どなた様でしたかいの」

「カルスです！」

大声で突っ込んだ。

なんなんだこのじいさんは。

ボケたりいきなりはきはきしたり、訳がわからない。

そんなやりとりをしてるうちに、ドアがノックされた。

「はて、どなた様でしたかいの」

「くっ……」

なんだかむかついた。同じ台詞《せりふ》だけど、使いどころがあっててむかついた。

「クレア・アーネルです。賢者様の所でお勉強させてもらいにきました」

「おお、アーネルさんところの。まっておったぞ。さあさあ、入るのじゃ」

「はい、失礼します」

返事のあとに一人の女の子が入ってきた。

セミロングで、すらっとした体形の女の子。

パッと見可愛いけどあか抜けていない、将来に期待したくなる女の子だ。

「よろしくお願いします」

クレアはパッと頭を下げた。

控えめながらも聞き取りやすい綺麗な声、クラスにいたら朗読コンクールの出場者に選ばれそうな声だ。

「二人ともそこに座るがいい」

おれとクレア、二人はじいさんに言われて座った。

「それでは、出席をとるのじゃ。クレアくん」

「はい」

控えめに返事をするクレア。

次はおれの番か……と思っていると。

「えっと……どちら様――」

「カルスです！」

「そうそうカルス。カルスくん」

「……はい」

生徒は二人っきりだから出席もクソもないけど、とりあえず渋々返事をした。

その瞬間。

――ニンジャレベル2になりました

頭の中でその文字が浮かび上がってきた。

出席をとっただけで……レベルアップした？

# 02　レベル8～ドラゴン

ここにやってきてから一週間が経った。

わからない事だらけだけど、なんとかいくつかわかってきたことがある。

どうやらここはおれがすんでた所と全く違う所、いわゆる異世界だ。

この世界では成人した人間がみな何かしらの職業を神様からもらって、それにはレベルもついてる。

レベルが上がれば、職業ごとのスキルも覚える。

そのレベルはものすごく上がりにくくて、意識して修行しないとほとんど上がらない。

実際、おれの……カルスの母親はいい歳なのにまだレベル6の魔法使いだ。

で、おれはどうかというと。

「カルスくん」

「はい」

じいさんに出欠をとられた瞬間。

――ニンジャレベル7になりました

レベルが上がった。

理由はわからないけど、じいさんの塾に来るだけで、一日1レベルは上がる。

出席をとった瞬間に上がる。一日1だけ上がる。

それとなくまわりの人に聞いてみたけど、こういうことはないらしい。

訳がわからないうちに、たったの一週間で母さんのレベルを抜いた。

「今日は人生レベルについて話すかのう」

じいさんがしっかりした口調で言った。

ボケボケモードじゃなくて、授業モードだ。

「二人が最初にもらった職業のレベルの他にも、人生レベルというものがあるのじゃ。難しい話ではない、これはその者が持っている職業レベルを全て合計したものじゃ」

「合計って、普通に足すだけですか」

「そう。例えば戦士レベル5と魔法使いレベル5のものがいれば、その者のレベルは10になる」

「はあ」

「ここからが肝心じゃ、レベルの上がりにくさは人生レベル次第じゃ」

「え？」

「戦士5の魔法使い5と、ニンジャ10の人間がいたとして、両方とも次は人生レベル11、上がりにくさは一緒じゃ」

それはちょっとビックリした。おれがよく知ってるシステムと真逆だからだ。

おれがよく知ってるシステムだと、転職した後は上がりやすくなるもんだけど、この世界じゃ逆なのか？

「ウ、ウィルフ様」

一緒に授業を聞いてたクレアが手をあげて質問した。

「一つの職業を上げすぎると、新しい職業を覚えても上げにくくなる、という事ですか」

「……」

「ウィルフ様？」

「婆さんや、ご飯はまだかいの」

またそれかよじいさん！

質問したクレアは困ってるじゃないか。

じいさんの授業は大抵こんな感じで、ボケボケになったり、元に戻ったり。

レベルはさくさく上がるけど、それの繰り返しでちょっとだけ困ってる。

クレアのあとに新しい職業になる——転職の話を聞こうとしたけど、どうやら無理みたいだった。

☆

おれは教会にやってきた。

中に入って、そこにいる神父に話しかける。

「こんにちは」

「カルスくんじゃないですか。今日はどうしましたか？」

「転職について聞きたいんですけど」

言うと、神父は眉をひそめた。

「カルスくん、きみは今ウィルフ様のところで勉強しているのだったね」

「はい」

「だったら、転職のデメリットも教わっているはずだよ。ヘタに転職ばかりしてたら大変な事になるって」

説教モードになる神父。大変な事ってなんだろう。

わからないでいると、神父はため息ついて、悲しそうな顔で語り出した。

「むかしね、この村に人生レベル30の人がいたんだ。このレベルってすごい数字だよ、わかるね？」

「はい」

おれは頷いた。

この一週間村で色々聞いてみたけど、レベルはブラムって人が一番高くて、その人は武闘家のレベル15だ。

今の村で一番が15、だから30ってのはかなりの数字だとわかる。

「その人はね、29回転職して……30の職業に就いたんだ。全部がレベル1だけど、人生レベルが30になった。あとはわかるね」

「……何もかも中途半端で、そこからレベルが上がらなくなった、ですか」

おれはちょっと考えて、答えた。

神父が頷く。

「そう。転職がいけないとは言わない。だけど、ある程度の下地、ベースになるのを待ってからするべきなんだ。でないと何もかもが中途半端になる」

「でも」

「カルスくん」

「……わかりました」

神父ににらまれた。

何を言っても無駄っぽいから、おれは教会から退散した。

☆

「ウィルフ様」

「はて、どなた様でしたかいの」

じいさんの家に戻ってきた。ボケボケモードだ。

「カルスです。転職の事を聞きたくて来ました」

「ほう、転職とな」

一瞬でキリッとした。何となく、じいさんの扱い方がわかってきた気がする。

「転職の方法は実に簡単じゃ。職業ごとに必須なアイテムがあって、それを持った状態でレベルアップすればその職業のレベル１に転職できる」

「それだけでいいんですか。教会とかに行かなくていいんですか？」

「教会は最初だけじゃ。転職はアイテムさえあればよい。もっとも、強力な職業はアイテムの入手もむずかしいがのう」

「ゲットするためにレベル上げすぎたら、たとえそれを手に入れてもレベル上がらなくて転職できない可能性があるって事か」

さっきの神父と似たような話で、今度はすぐに理解した。

「その通りじゃ。まあ、これは金で解決できる問題じゃがのう」

それもそうだな。

想像だけど、貴族とかにもなると、大金を積んでアイテムをあらかじめゲットしてるはずだ。

そうすればたとえ最初に神様からもらった職業がしょぼくても、それを使えば次のレベルからいい職業につける、レベル1のロスですむ。

「それでウィルフ様、転職のアイテムはどうやったら手に入れられるんですか」

「転職したいと申すか」

「ええまあ、ぶっちゃけ」

「なら、これを持っていくが良い」

じいさんはあるものを取り出した、おれはそれを受け取った。

まじまじとみつめる、何かの鱗みたいだ。

「これで転職できるんですか。ちなみになんの職業です?」

「……」

「ウィルフ様?」

「婆さんや、ご飯はまだかいの」

「またかよ！　昨日食べたでしょおじいさん！」

呆れたおれは突っ込んだ後、じいさんの家を出た。

☆

翌日、塾の時間。

「クレアくん」

「はい」

「カルスくん」

「はい」

おれは鱗を持ったまま返事をした。鱗がすぅと消える。

――ドラゴンレベル１になりました

頭の中に例の文字が浮かぶ――転職できた。

って、ドラゴン？　ドラゴンも職業？

おれはじいさんを見た。じいさんはボケボケモードに入ってて、ぷるぷるふるえている。

賢者……ドラゴン……。

もしかして……もらったあの鱗ってかなりすごいものなんじゃないのか？

# 03　レベル8～毛虫

じいさんの教室が終わった後、おれはノーリッチ村を出て、近くの森にやってきた。
よく知らない森だからあまり奥には行かないようにした。
ここに来たのは、人目のないところで職業の確認。
どうやらレベルアップごとにスキルを覚えてるらしいから、それの効果を試しに来た。
えっと、今はニンジャがレベル7で、ドラゴンがレベル1か。
ニンジャが覚えたスキルは。

レベル1　しのび足
レベル2　手裏剣生成
レベル3　まき菱生成
レベル4　煙遁の術
レベル5　しのび足2

レベル6　分身の術
レベル7　火遁の術

こんな感じだ。

覚えた順で一個ずつ試していった。

使い方は頭に文字が浮かんできたのと似た感じで、何となく「こうすれば」で使えた。

しのび足を使うと、足音が小さくなった。

普通に歩くと足音が小さくなって、ドスンドズンと地面を踏みしめても大した音はしない。

しのび足2があるから他のをすっ飛ばしてそっちから試してみた。

どうやら1よりも更に足音を消せるみたいだ。レベルを上げると足音を完全に消せるかもしれない。

次に生成の二つ、手裏剣生成とまき菱生成を試してみた。

使うと、おれの手に手裏剣とまき菱が出てきた。

鉄製のかなりちゃんとした手裏剣とまき菱だ。

だが、それは十秒くらいでふっ、と煙になって消えた。

手裏剣はいいけど、十秒じゃまき菱はあまり使えないような気がする。

多分これはレベルが上がって2を覚えたら、効果時間が延びる気がする。覚えたらまた試そう。

煙遁の術をつかうと、おれのまわりにモクモクと煙が出てきた。

ニンジャってくらいだから、多分この煙が出てる間に逃げるスキルなんだろう。

これは五秒くらいで、微妙に逃げるのに使えそうで使えない時間。やっぱりレベルアップ待ちだな。

分身の術はおれの横におれと同じ見た目の分身が出てきた。

そいつは動かないただの人形だが、触ることはできる。

で、これも十秒で消えた。同じく時間経過で消えたけど、こっちは使い様によっては結構強い気がする。

最後は火遁の術。

ニンジャっぽい印を組むと、そこからかなりの勢いの火が出た。テレビとかで見た火炎放射器くらいはある勢いだ。

試しに切り株に向かって使うと、あっさりと燃え上がった。

……すごいな。これ、もし火遁の術2とかあったらもっとすごい事になるのか？

それが楽しみになってきた。

これでニンジャのスキルは一通りチェックできた。

やっぱりというか、当たり前というか。

レベルが上がれば上がるほどスキルが強くなっていく。

それにしのび足からしのび足2になったみたいに、いきなり同じスキルの上位互換が出てきて、効果が強くなることもある。

大体こんなところか。

さて、次はドラゴンだが。

ドラゴンはまだレベル1の、火炎の息しかない。

火遁の術とどう違うんだろ。

「なんとなく」で使い方がわかって、火炎の息を使ってみた。

大きく息を吸い込んで——口から火を噴いた。

大道芸人が噴くようなちゃちいものじゃない、まさにドラゴンが噴くような——さっきの火遁の術の倍以上の勢いのある火だ。

いや、もうこれは炎だ。

炎は燃えてる切り株を巻き込んで、一瞬で消し炭にした。

おれはぽかーんとなった。

ドラゴンレベル1、火炎の息。

これで既にニンジャのレベル7の火遁の術よりも強い。

やっぱりあのじいさんがくれた鱗って、かなりすごいものだったみたいだ。

☆

村に戻ってくると、クレアと遭遇した。

「あ、カルスくん」

「よう」

挨拶をしたけど、その後の会話が続かない。

クレアがもじもじしている。

思えばじいさんの教室に通い出してから一週間経つけど、クレアとはほとんど会話らしい会話はない。

良くも悪くもクレアは普通の女の子っぽくて、じいさんのところでは問題もおきることなく普通に授業を受けたりしてる。

その代わり今までプライベートの会話はなかった。

なかったけど、さっきのスキル試しで、おれはクレアの職業とスキルが気になった。

「なあ、クレアってなんの職業なんだ？　神様からもらった最初のヤツ」

「えっと」

クレアはさっきより大分もじもじしつつ答えた。

「……毛虫」

「はい？」

「け、毛虫、なの」

「……毛虫って、あのちっちゃくて緑っぽくうねうねするアレか」

頷くクレア、涙目になった。

というかそんな職業があるんだ……いやドラゴンもあるし、あるのか、毛虫。

「ちなみに聞くけど、スキルはどんなんだ？」

「むしゃむしゃ……」

「むしゃむしゃ？」

「葉っぱをむしゃむしゃ食べて、体力を回復するスキル……」

「お、おぅ」

「ちゃ、ちゃんと効果はあるんですよ!?　指先を紙できったとき、葉っぱを二十枚むしゃむしゃしたらなおりましたから！　効果はあるんですよ!?」

ますます涙目になるクレア。

なるほど、確かにスキルとしての効果はあるみたいだ。

だが指先をちょびっと切ったくらいで葉っぱ二十枚むしゃむしゃとか……雀の涙にも程がある。

そりゃ涙目にもなるわ。

なんか、不憫になってきた。

「転職するか？」

「え？」

「毛虫のままレベル上げるとその後がキツいだろ？　そういう職業は早めに転職するに限る」

「で、でも……転職アイテムはものすごく高いし、わたしじゃ取りに行けないし」

「おれが手伝ってやる」

「カルスくんが？　でも、カルスくんも成人したばかりだから――」

おれは横を向いて、火炎の息を使った。

ごうごうと渦巻く炎を人のないところにむかって噴いた。

「えええ、な、なにそれ」

「ドラゴンなんだ、おれ」

「すごい……いいな……」

うらやましがられた。毛虫とドラゴンじゃそうなるわな。

「ついでにニンジャもレベル7だ」

「……えええええ」

一瞬間が空いて、かなり驚かれた。

「うそ！　人生レベル8って事？　うそだよ、8って普通は何年もかかるものだよ」

みたいだな、実際に母さんもあの歳で魔法使いレベル6だし。

「証拠、ほら」

ぱっとみてわかる、手裏剣生成とまき菱生成と分身の術をつかった。

複数のスキルを使って、レベルが上がってる事を証明する。

「すごい……」

「ニンジャ7にドラゴン1。これでも転職アイテムをとるの無理か？」

クレアはぷるぷると首を振った。

尊敬と期待。

クレアの目にそれがいっぺんに出た。

# 04　レベル9～初洞窟

次の日、じいさんの塾に出席する。

出欠をとった後、またレベルが一つ上がった。

どれを上げる？　ってのが頭に浮かんだから、ドラゴンを選んだ。

するとドラゴンがレベル2になって、氷結の息を覚えた。

レベル1の火炎の息から大体想像できるから、確認とかは後回しにした。

「さて、今日は何を教えようかいの」

「ウィルフ様」

「おぉう……どなた様ですかいの」

「カルスです。転職アイテムってもうないんですか？」

「……」

「ウィルフ様？」

「婆さんや――」

「一番手っ取り早く転職アイテムを手に入れる方法を教えてください」

「転職したいのか、そうじゃな」

なんかもうお約束になったやりとりをした。横でクレアがはらはらしている。

知識を質問すると何故か正気に戻るじいさんが質問に答えてくれた。

「そこそこの職業なら、モンスターを倒し続けていれば出るのじゃ」

「モンスター？　そんなのがあるのか」

「このノーリッチの外れに洞窟があるじゃろ？　そこにモンスターが出る。街のギルドに管理されているから無断には入れないが」

「それは困ります」

クレアに転職アイテムをとってやりたい。

「そのギルドってのに行って、入れてくれって頼めばいいんですか」

「入りたいのか」

「はい」

「よろしい。では、今日はこれから課外授業じゃ」

☆

じいさんと一緒に村から結構離れた所にある洞窟にやってきた。

洞窟の入り口に門番が立っている。槍を持ってガードしている。

「これはこれは賢者様。今日はどうなさいましたか」

「課外授業です、洞窟で実際に教えるものがあるらしいです」

じいさんがまたボケボケモードに入りそうだったから、おれが代わりに答えた。

「課外授業ですか。いいですな。わたしももう少し遅く生まれていれば、賢者様の生徒になれたのに」

門番はそう言って、道を空けてくれた。

「どうぞ。賢者様には余計な気遣いかもしれませんが、お気をつけて」

おれとクレア、そしてじいさんの三人は洞窟に入った。

おれが先頭で、後ろにたいまつを持ったクレアとじいさんがいる。

「カルスくん、ここ……大丈夫かな」

クレアが不安がっていた、気持ちはわかる。

薄暗い洞窟で、人間が通れる程の広さはあるけど、天井からは鍾乳石みたいなのがぶら下がっている。

地面も村の土の道よりも更に歩きにくくて、ところどころコケで滑りそうになる。

こんな洞窟生まれて初めて来る。クレアだけじゃなくて、おれまで不安になってきた。

「カルスくん！　前！」

しばらく進むと、なんかと遭遇した。

ずんぐりむっくりしたやつで、幼稚園児くらいの大きさだ。

見た目は……一言で言えば手足の生えてる白い毛玉。

それが、こん棒を持っている。

なんというか――可愛い。

「あれがそのモンスターじゃ」

じいさんはそう言うが、目の前にいるそれはモンスターと言うにはあまりにも可愛すぎる。ゲーム的に考えたら開始直後に出会うマスコットタイプの最弱なモンスターだ。

「あれがモンスターなんですか」

「ピリングス、この洞窟でもっとも弱く、もっとも数の多いモンスターじゃ。こいつを倒していけばいずれアイテムが手に入るぞい」

まともモードのじいさんが説明してくれた。

そうか、こいつを倒せばいいのか――やるか！

おれのやる気に反応したのか、ピリングスはいきなり襲いかかってきた。

こん棒を振りかぶって、猛スピードで飛びかかってきた。
まるでバウンドする白いボールだ。
おれはとっさにしゃがんでかわした。
クレアもじいさんをかばって身を低くした。
いきなり襲われたから焦った。
まずい、戦わなきゃ。
どうやって？　そうだスキルだ。
今覚えてるスキルをざっと思い出す。
反対側に向かって、火炎の息を吐いた。
洞窟の中の温度が一気に上昇する炎。
包まれたピリングスは燃え上がり、もがき、やがて地面に倒れてうごかなくなった。
「やれた……のか？」
あっさり倒した事におれ自身が戸惑った。まさか一撃で倒せるとは思わなかったのだ。
もしかして……という自信が芽生えてきた。
そんな風に思っていると、横からもしゃもしゃって音が聞こえてきた。
見ると、クレアは大量の葉っぱを取り出して、それをむしゃむしゃしている。
それを持つ手の甲に擦り傷がある、避けたときに擦ったんだろう。

「大丈夫か？」

「うん……これくらいなら……三十枚くらい食べればなおるから」

「三十枚もか」

「うん、がんばる」

「……そうか」

そう話すクレア。大量に持ち込んだ葉っぱと、ちょっと涙目でそれをむしゃむしゃする彼女の姿。

やっぱりちょっと不憫だった。

おれは二人を連れて、洞窟の中をうろうろした。遭遇したピリングスを片っ端から倒した。

それでわかったけど、最初の楽勝はドラゴンだからだった。

ニンジャのスキルを試しに使ってみたけど、手裏剣投げはほとんどあたらないし、あたっても大して効いてない感じだ。火遁の術は当てやすいしそれなりに効くけど、二発も当てないと毛玉は倒せない。

逆に、ドラゴンの火炎の息も氷結の息も一撃で倒せた。

やっぱりドラゴンが強かったんだ。

一方で、ニンジャスキルで試してる間、クレアはとばっちりを食らってケガをいくつか負った。

どれもこれも大したことのないようなかすり傷だけど、クレアはその度に持ち込んできた葉っぱをむしゃむしゃした。

その光景はちょっと切ないから、ドラゴンのスキルだけを使ってピリングスを倒していった。

見えた瞬間火炎の息、見えた瞬間火炎の息。

そのやり方に切り替えてから、危険がまったくなくなった。

そうして洞窟の中をぐるぐる回る。

遭遇したピリングスを作業的に倒していると。

「カルスくん！　あれ！」

「うん？」

クレアが突然声をだして、消し炭にしたばかりの毛玉をさした。

黒い炭の中から、光ってるものが見える。

「それじゃ」

じいさんが言った。おれは近づいていって、それを拾いあげた。

さっきまでピリングスが持っていたこん棒と同じ形をしたものだけど、銀色に光ってて、サイズも大分小さい。

さっきのが普通のバットくらいで、今のが野球盤のバットくらいのサイズだ。

多分、じいさんからもらった鱗と同じようなものだ。

「ウィルフ様、これはなんの職業に転職するやつですか」

「戦士じゃ」

戦士か、かなり普通だけど、まあ毛虫よりはマシだろ。

おれはそれをクレアに渡した。

「ほら」

「い、いいの？」

「そのために取りに来たんだろ？」

「……ありがとう！　カルスくん！」

思いっきり感謝された。

悪い気はしない。

「ちなみにそれを売れば、大体一ヶ月分くらいの生活費になるぞい」

「ええええ!?　か、カルスくん、こんな高いもの——」

「いいから持ってろ」

また葉っぱをむしゃむしゃされたら不憫なだけだから、アイテムを押しつけた。

「ありがとう！」

ますます感謝されて、結構いい気分になった。

# 05　レベル10～最強への道のり

朝、じいさんの教室に来た。

中に入ると、先に来てたクレアがむしゃむしゃしてた。

いつもの椅子に座って、葉っぱをいっぱい詰めた弁当箱を机に広げて、むしゃむしゃしてた。

「……」

「……」

見つめ合って、固まった。

おれはドアノブに手を掛けたまま、クレアは葉っぱを口に詰める途中。

そんな姿勢で固まった。

「お前さ」

「おはようカルスくん！」

「実はむしゃむしゃするの、くせになってるとか？」

「そ、そんな事ないよ！　そんな事ないってば。これはただ、まだレベルが上がってなくて転職してないから、まだ毛虫のままだから仕方なくむしゃむしゃしてるだけなんだから」

「そうか」

「本当よ、本当なんだから！」

クレアは必死にまくし立てた。

今のは見なかったことにしよう……弁当箱に葉っぱを詰めたことも触れないようにしよう。

しばらくして、じいさんが部屋の奥から出てきた。

相変わらずのボケボケモード、相変わらずのボケと突っ込み。

そして、相変わらずの出欠。

――ドラゴンレベル3になりました

レベルがまた上がった、ウインドブレスっていうのを覚えた、察するに風属性の攻撃スキルだろうか。

今日の授業が終わったらどっかで試し打ちしてこよう。

それよりもおれは気になる事がある。

「ウィルフ様、質問があります」

「なんじゃ？」

「レベルって、最大どこまで上がるんですか？」

「うむ、いい質問じゃ。そのうちその話をしようと思っていたし、ここらで説明しようかのう」

「お願いします」

「お願いします」

クレアと一緒に頭を下げた。

じいさんも、こういう時は普通に尊敬できる先生なんだがな。知識量が半端ないし。

「その質問は二つの答えがある。まず、人生レベルに上限はない、おそらくはどこまでも上がるはずじゃ」

「おそらく？」

「というのも、上限までたどりついたものがおらんからなんじゃ。歴史上、人間の最高レベルが130、そして人外――魔族は名の通った上位魔族の一握りに200を超えるものがおる。300は聞いた事がない」

「なるほど……」

「さて、人間はあきらかに魔族に比べてレベルが低い、それはなぜじゃ？　理由は二つ。一つは今まで教えたはずじゃが」

じいさんがそう言って、おれとクレアを見た。

やっぱりこういう時は先生っぽい。

「はい！　上がれば上がる程、レベルアップが難しくなるからです」

そんな事を思ってると、クレアに先に答えられた。

「そうじゃ、よく覚えてたのう。さてもう一つじゃが、それは寿命じゃ」

「寿命？」

「人間の寿命は魔族より短い、そして年をとれば衰えもする。この二つが理由じゃ」

なるほど。修行できる期間がそもそも短くて、衰えも早く来るのか。

そりゃ魔族に比べれば歴代の最高スコアが低いはずだ。

「次に、職業レベルじゃ、こっちはそれぞれの職業ごとに上限レベルが決まっている。それに到達したら、あとは何をやっても上がらなくなる。最高で１００を超える職業もあれば、１で終わりの職業もある」

そうなのか。

じいさんの授業で、ある程度のことがわかった。

しかし、１００とか２００とか。

このままじゃ、すぐに超えそうな気がするんだけど。

おれはある事が気になった。

「そういえば、ウィルフ様は今レベルどれくらいなんですか？」

クレアが聞いた。

「……」

「ウィルフ様？」

「婆さんや、ご飯はまだかいの」

「昨日食べたでしょおじいさん！」

その突っ込みで、この日の授業が終わった。

☆

じいさんの家を出て、考えた。

おれはどうやらじいさんの授業に出る度にレベルが1上がる。

このままだと半年とちょっとあれば、上級魔族と同じくらい強くなりそうだ。一年もしたら史上最強とかなりそうだ。

……ああ、ちがうか。

職業には職業ごとの最高レベルがあるんだっけ。

今のおれはニンジャとドラゴンの二つだけ。上限がどこにあるのかわからないけど、二つともカンストしたら人生レベルは上がらないんだ。

なら、もっともっと転職していった方が、職業をコンプリートするくらいの勢いでいった方がいいよな。

そう思ったおれは昨日の洞窟にいって、自分の転職用にピリングスを狩ってこようと思ったが。

「カルスくん」

背後から声を掛けられた。クレアだ。

じいさんの家からずっとついてきたみたいだ。

「どうした」

「あの、カルスくんはこの後……ヒマ？　もし良かったら一緒にギルド登録に行かない？」

「ギルド登録？」

なんか新しい単語が出てきたぞ。

「ほら、昨日カルスくんに転職アイテムをもらったじゃない。それで修行のためにわたしも洞窟に入れるようになりたいんだけど、ああいう修行できる場所って、ギルドに登録してないとほとんど入れないから」

そうだったのか。

「だからわたし登録しに行こうって思ってるんだけど……カルスくんも一緒にどうかなって」

クレアがせがむような目を向けてくる。昔実家で飼ってたわんこと同じ目だ。

懐かれたか。まあ、昨日の事を考えれば不思議じゃない。

「わかった、一緒に行こう」

「――! ありがとう!」

☆

村をでて、歩いて大体三十分。となりのゴルドンという街にやってきた。

まさかとなり街とは思ってなかったおれは、クレアに連れられてある建物に入った。

どうやらここがそのギルドのようだ。中は広く、奥にはカウンターがある。

カウンターの向こうに女の人が座っていた。露出の多い、オッパイを強調した服を着ていて、涼しげな瞳と、口元のほくろがとても色っぽい。

その女の人はおれたちをみるなり口の端を片方持ち上げた。

「なんだい、お嬢ちゃん。ここは子供が来る所じゃないよ」

おれ達を見下す台詞を放ってきた。

クレアは気後《きおく》れすることなく、こっちの用件をきりだした。

「わたし達、ギルドに入りたいんです」

「あんたらが?」

「はい!」

「……ぷっ」

女はおれとクレアを見比べた後、いきなり笑い出した。

「帰りな、ここは子供の遊び場じゃないんだよ」

おれはむっとなった。

「成人はしてるんだが」

「そ、そうです、成人してます」

「ガキがいっちょ前になま言ってんじゃないよ。儀式すませてるのなんて当たり前。大人ってのはね、最低でもレベル10になってからの事をいうもんだよ」

「うっ……」

クレアが呻く。レベル1だから言い返せないって感じだ。

「10なら超えてるぞ」

「はあ?」

「え?」

女も、クレアも驚いた。

「何馬鹿なこと言ってるんだい、そんなはずが」

「そうですよ！　カルスくん昨日レベル9だったじゃないですか、そんな急に上がるはずが――」

「なんだって?」

女の表情が変わった。クレアの言葉を聞いた瞬間表情が変わった。

おれをじっと見つめたあと、聞いてきた。

「本当に10超えてるのかい？」

「ジャスト10だ」

「ちょっと待ってて」

女がいったん奥に引っ込んで、すぐにまた戻ってきた。

水の入ったコップをおれの前におく。

「これをもって、自分のレベルを思い浮かべな。職業レベルの方をだよ」

「思うだけでいいのか？」

「ああ」

「わかった」

コップを持って、目を閉じた。閉じた方が思い浮かべやすいかなって思った。

ニンジャ、レベル7。ドラゴン、レベル3。

「おお」

クレアの声が聞こえた。おれは目を開けた。

すると、さっきまで透明だった水が、オレンジ色に変わってた。

「赤を飛び越えてオレンジに……その若さで本当に10だって？」

女はいかにも信じられないって顔をしたのだった。

# 06　レベル12～ギルド試験

コップをテーブルの上に置くと、水はまた透明に戻った。

「なあ、これでなにがわかるんだ？　どういう水なんだこれ」

「これは教会からもらってきた聖水でね、持つ人間の人生レベルに反応して色が変わる代物さ。最初が赤で、レベル10ごとにオレンジ、黄色、緑、水色、青、紫と変わっていくのさ。あんたのはオレンジだったから、レベル10はあるってわけさ」

「へえ、便利だな。でもそれじゃレベル69までしか測れなくないか？　それ以上のヤツはどうするんだよ」

聞くと、女はきょとんとして、それから笑って言った。

「70以上の人間なんてこの世に五人といないよ。そんな有名人にこれを使って測るような失礼なまねできるもんかい」

……それもそうか。

世界のトップ5とかなら、名乗っただけでわかるくらいの有名人だろうしな。

ていうか、おれ、出席続けてたら二ヶ月後にはそこに到達してるんじゃね？

まあそんな事はおいといて。

「ギルドには入れてもらえるのか？」

女はもとの表情に戻る。こっちを「ガキ」だと見下すような感じはなくなっている。

「いいよ、ただし試験に合格したらね」

「試験か、それは誰にでもさせるものなのか？」

「そうさ」

「わかった」

そういうことなら仕方がない。

☆

おれとクレアは一緒に洞窟に来た。

昨日、じいさんに連れられてやってきた洞窟だ。

そこに門番が立っているから、ギルドの女からもらったすかし入りの紙を見せた。

「ギルドの試験に来た」

「へえ」

門番はおれと紙を見比べた。

「その歳でもうギルドの試験を受けるのか、大したもんだな。さすが賢者様の弟子だ」

女とは違って、こっちは素直に感心してた。

「頑張れよ」

「ああ」

頷き、クレアと一緒に洞窟の中に入る。

ギルドの試験。それはピリングスの毛をとってくる事。

「たしか、背中に一握りだけ金色の毛があるって話だな」

「うん、それを袋一杯に詰めて持ってきてだったね」

ピリングスと早速であった。

毛を集めるって事は燃やしちゃいけないよな。

おれはドラゴンのレベル3、ウインドブレスを使った。

レベル1と2と変わらない威力、ピリングスを一撃で倒した。

それの死体をひっくり返すと、確かに背中の目立たないところに金色の毛がある。

それを慎重に切って、持ってきた袋に入れた。

「これをいっぱいにして持っていくのか、なかなか骨が折れるな。まあ一週間以内にやればいいから気長にやるか」

「あの……カルスくん」

「うん？」

「わたしも戦っていいかな」

クレアがそんな事を言い出した。

「どうしたんだいきなり」

「わたしがギルドに入る理由って、修行して、カルスくんにもらった戦士に転職したいからなの」

「そういえばそうだったな」

それがレベル10以上じゃないと登録できないときたもんな。

「だから、カルスくんに連れてきてもらって洞窟に入れる時に、少しでも戦ってレベルを上げたいの」

「そういうことか」

おれは少し考えて、うなずいた。

「そういうことならいいぞ」

「ありがとう」

「協力してやろうか。確か前にウィルフ様から聞いた話だと、こういうモンスターと戦っている時よりも、トドメ刺した方が大きく成長できるんだっけ」

攻撃するとちょびっと、トドメを刺したらどかっと経験値が入る話をちょろっと聞いた気がする。

おれにあまり関係ないから聞き流してた。

「うん」

「じゃあおれが弱らせてから、クレアがトドメを刺して」

「いいの？　カルスくんの経験値をもらっちゃう事になるんだけど」

「いいさ」

おれは出席の方でレベルを稼ぐから。

こうしてギルド試験のついでに、クレアのレベル上げに協力する事になった。

一撃で倒してしまうドラゴンのスキルを封印して、ニンジャのスキルで戦った。

分身の術とまき菱でできるだけクレアを守って、手裏剣で弱らせてから、クレアにトドメを刺させる。

それなりに順調だった。

使うスキルが多くてせわしないけど、危険になる事もなく、ピリングスを倒して、毛を集めて、クレアの経験値を積んでいく。

クレアは戦ってるから、ケガも負う。

その度に持ってきた葉っぱを取り出して、むしゃむしゃして、体力を回復する。

むしゃむしゃする度に妙に笑顔になるのは……やっぱり見なかったことにした。

一日目は二十匹倒した。

二日目はゴルドンにいく必要がないから、じいさんの教室でレベルアップしたあと、四十匹くらい狩った。

三日目も同じ、四十匹くらい狩ると、クレアがレベルアップした。

アイテムをあらかじめ持った状態でピリングスを倒して、こうしてクレアは戦士レベル1になった。

「あがった、あがったよカルスくん！」

大はしゃぎして喜ぶクレア。

「ああ、良かったな」

「カルスくんのおかげだよ、本当にありがとう！」

「お前も頑張ったからな」

謙遜とか皮肉とかじゃなく、本当にそう思った。

だってさ、この三日間、百匹近くのピリングスをクレアは一生懸命倒した。

倒して葉っぱむしゃむしゃ、倒して葉っぱむしゃむしゃ。

それを繰り返したんだぜ？　葉っぱの数なんて千枚を軽く超えてる。

それが報われて、おれも自分の事のように嬉しくなった。

「さて、クレアのレベルが上がったから、ここから本気でピリングスを狩るか」

おれは袋を見た。毛が4分の3くらいあつまってる。

「手伝う。カルスくんは攻撃に専念して、毛を刈るのはわたしに任せて」

クレアは意気込んでいった。わたしにも仕事させて！　って顔だ。

「わかった。頼むよ」

「うん！」

満面の笑みで頷くクレア。

それからの戦いは一撃の連続だった。

ドラゴンレベル4、フォトンブレス。

ドラゴンレベル5、ダークフォトンブレス。

二日目と三日目にレベルが二つ上がって、そこで覚えたスキルでピリングスを倒していった。

かたや光がはじける感じで、かたや闇が全てを呑み込んでいく。両方とも、火炎の息に比べてかなり魔法チックな感じがするスキルだ。

それらを使って、おれがピリングス倒して、クレアが毛を刈り取る。

作業を分担して、あっという間に残りの4分の1が集まった。

それをギルドに持っていって、晴れて試験合格となった。

言い出しっぺのクレアはレベルが足りないからギルドに入れないけど、しばらくの間、おれと一緒に行動すれば問題ない。

それをクレアに言ったら。

「本当！　ありがとうカルスくん！」

おおいに喜んでくれて、帰り道にスキップして、道ばたの葉っぱを摘んで満面の笑みでむしゃむしゃした。

戦士よりも毛虫を伸ばしてやった方がいいかもな、とおれは思ったのだった。

# 07 レベル13～熱血プリンセス

朝、じいさんの教室に行くとクレアがいた。

「おはようカルスくん」

「おはよう」

「カルスくん、これ……」

恥じらいながら四角い包みを差し出すクレア。布の包みで、なんかの箱だ。

「なにこれ」

「お、お弁当」

ますます恥じらって言った。

「お弁当作ってきたの、もし良かったら……食べて」

「弁当」

おれは布の包みを見た。なるほど確かに弁当箱っぽい。

ある事を思い出して、クレアを見た。

クレア、むしゃむしゃの女。

毛虫レベル1で、なんか葉っぱをいつもむしゃむしゃしてるイメージがある。

もしかして、この弁当も――。

「ち、ちがうよ?」

クレアは大声をだした。

「葉っぱじゃないから!」

あっ、先に言われた。

「そもそもわたしいつも葉っぱをむしゃむしゃしてるわけじゃないんだからね? あれはスキルで、体力回復のためにしてるだけなんだからね」

「そうか」

そういう事にしておこうと思った。

何回か確実に笑顔でむしゃむしゃしてるところをみてるけど、そういうことにしておこうと思った。

包みを広げる。意識してるんなら、弁当の中身は大丈夫だろう。

弁当箱の蓋を開けると、たしかに葉っぱはなかった。

なかったが……。

「ど、どうしたの?」

「茶色いな」

それが第一印象、素直な感想だった。

肉が中心の、揚げ物や煮物ばかりの弁当だった。

ものすごく茶色い、彩りがまったく感じられない。

多分、むしゃむしゃを意識しすぎて逆をいったんだろうなあ、って思う。

「茶色いの……だめだった？」

「いや？」

おそるおそる聞いてくるクレア、おれは首を振った。

問題はない、むしろ好きだ。

茶色いおかずは大好きだ。量もやっぱり食べさせることを意識してるのか、かなりの量が詰まってる。

おしゃれな弁当よりも大分いい。

試しに、唐揚げを一つ摘まんで口の中に放り込んだ。

「うん、うまい」

「本当に!?」

クレアが笑顔になる。

おれは弁当をガツガツかき込んだ。

弁当箱に蓋をして、布にくるんでクレアに返す。

「ごちそうさま、美味《おい》しかった」

「カルスくん、明日も作ってきていい？」

「楽しみにしてる」

「うん！」

☆

出欠をとって、ドラゴンがレベル6になった。

龍の咆哮とかってスキルを覚えた。後でどっかで試そう。

じいさんの授業が終わった直後、ドアがいきなりノックされた。

おれとクレアは一斉に後ろを振り向いた。

ちょっとびっくり、じいさんの教室に通い出してから十二日たつけど、授業中に誰かがやってくるのははじめてだ。

「ふぁい」

「失礼します」

ドアが開いて、そこに一人の少女がいた。

クレアに比べて若干身長が高く、腰の辺りまで伸びた金色のロングヘアーが特徴の女の子。

マントを着けてて、腰にロングソードらしき物を下げてる。

パッと見、冒険者かな？　っていう出で立ちだ。

「こちら、賢者ウィルフ様のお住まいでよろしいでしょうか！」

その子は敬語で話してきたが、その口調がやたらと熱かった。

どうやらじいさん目当てのようだから、おれとクレアはじいさんを見た。

「はて、どなたさまでしたかいの」

同時に苦笑いした。

ぼけぼけモードが普通のやりとりに聞こえる。

「わたしはシャーロット、シャーロット・エイダ・マーガレットと申します」

「え？」

クレアが反応した、今の名前なにかがあるのか？

「賢者ウィルフ様のもとで学ばせていただこうと思い、参上いたしました。なにとぞよろしくお願いいたします」

シャーロットは頭を下げた。

なるほど、じいさんの塾に入りたいのか。

「塾の受講希望生じゃったか」

奇跡的にじいさんが復活して、ちゃんと会話が成立した。

「はい！　なにとぞ！」

「よろしい、今日はもうおしまいじゃ、明日から来なさい」

「ありがとうございます！」

シャーロットはまた頭をさげた。

そしてこっちにも熱いのが来た。

「これからよろしくお願いします、センパイ！」

「お、おお」

「センパイ……」

「ちなみにわたしの職業は村人で、今レベル7です」

「えええええ、7なの!?」

驚くクレア、気持ちはわかる。シャーロットはおれらとそんなに歳は変わらないように見えるから、それで7になってるのはすごい。

すごいけど、職業村人って、そんな職業あるのか。

「もし良かったらセンパイがたのお名前と、レベルも教えていただけないでしょうか」

熱烈な目で見つめられた、答えなきゃいけないって気持ちにさせられる目だ。

「わたしはクレア、レベル毛虫1と戦士1」

「おれはカルス。レベルはニンジャ7、ドラゴン6の合計13だ」

「えええええ？　カルスくんまた上がったの？」

「あがった」

さっきの出欠でまた上がった。

「なんと、あの伝説の職業ドラゴンを6も！　しかももう一つのニンジャもかなりのレア職」

シャーロットが驚く。

「さすがセンパイ！　さすが賢者様の教室」

シャーロットの目はきらきらしていた。

「わたしもセンパイに追いつくように明日から頑張ります！　それよりもセンパイ！　喉渇いてませんか？」

「喉？　まあ渇いてるかも――」

「わかりました！　ちょっと待っててください」

シャーロットはパッと外に飛び出した。

まるで嵐のような子だ。

「そういえばクレア。さっきシャーロットが名乗ったとき『え？』って言ってたよな。あれなんだったんだ？」

「えっと……彼女の名前、全部名前だったでしょう？」

うん？　ああ、そういえば。

シャーロット・エイダ・マーガレット。

確かに全部名前だ。日本人でたとえるとのぞみ・かなえ・たまえみたいな感じなのかな。

たしかにそれは「え？」ってなるな。

「違うかもしれないけど……」

「うん？」

「王族って名字がないから、全部名前って聞いた事があるの」

「え？　王族」

クレアの「えっ」はここだった。

というか、あれが王族？　ってかお姫様？

なんというか……お姫様っぽくなかったぞ。

「シャーロット・エイダ・マーガレット、第七王女じゃな」

急にじいさんが口を開いた。ボケボケじゃない、ちゃんとした時の口調だ。

「本当なんですか？」

「うむ。エイダ・マーガレット・クリステルの第二子、王国の第七王女じゃ」

「へえ」

信じられないけど本当にお姫様みたいだ。

シャーロットが戻ってきた。

手に液体の入ったコップを持って、おれに差し出してくる。

「これは？」

「ジュースです！　どうぞ！」

おれはコップを受け取って、ジュースとシャーロットを交互に見比べる。

お姫様なのにパシリっぽい事を進んでしたぞ、この子。

そのギャップに、クレアも横で唖然としていた。

# 08 レベル13～パシリ姫シャーロット

授業が終わった後、クレアと一緒に村はずれの洞窟に来た。

「ねえカルスくん、あのテント昨日までなかったよね」

「ああ、なかったな」

洞窟からちょっと離れた所にテントが張られていた。

ちょっと大きめなテントで、四人家族が快適に過ごせるくらいの大きさはある。

誰かが旅行か観光に来てるんだろうか。こんな辺鄙《へんぴ》な村に。

「やあ、カルスくんにクレアちゃん。今日も洞窟探検かい」

いつもの門番の人が向こうから声を掛けてきた。親しげな感じだ。

「ども。あれってなんですか？」

「あのテントの事？　おれもよくは知らないけど、なんか冒険者のテントらしいよ。非番の時に張られたものだから又聞きだけど」

「冒険者か」

「そうなんだ、冒険者かあ。じゃあ洞窟の中にいるのかな」

「ああ、おれが交代するちょっと前に入ったらしいよ」

「そうですか」

「今日も気を付けて頑張ってね」

どんな冒険者なのか気になりつつ、クレアと洞窟の中に入った。

前と同じ、おれのサポートでクレアがピリングスを倒していく。

今回は毛を集める必要がないから、火遁の術も使えた。

火遁の術の方がぎりぎり削れるから、それを使って削ってからクレアに任せた。

もちろんむしゃむしゃは健在だった。クレアは劇的に強くなったって訳じゃないから、体力回復は必要。

でも、むしゃむしゃする度に顔をそらしておれから見えない様にする。

……もう今更だと思うんだけどな。

そうして、洞窟でクレアのレベル上げを手伝う。

「そうだ、そういえば新しいスキル覚えてたんだっけ」

「新しいスキル？」

「ああ、ドラゴンレベル６の、龍の咆哮ってやつ。それをちょっと試してみよう。効果を把握しておかないといざって時使えないからな」

「そっか。わたしも試さないと」

「戦士レベル1のはなんだ？」

「えっとね、ちからためっていうの」

「ああ、それは試さなくても大丈夫だな」

「えええええ？　どうして？」

なんとなく想像がつくからな、戦士にちからためって。

おれも、フォトンブレスは試したけど、ダークフォトンブレスは結局試してない。大体想像できちゃうからな。

だからそういったんだけど、クレアは泣きそうな顔をした。

おれに突き放されたって思ってる顔だ。

「わかったわかった、試してみろ。ただし効果はわからないから、おれがスキルでちゃんと足止めした後にな」

「――うん！」

一転、笑顔になった。

「それと順番はおれの後な。まず龍の咆哮からだ」

「うん、わかった！」

異論はないみたいだ。

早速ピリングスと遭遇した、龍の咆哮を使った。

「ぐおおおおお！」

「きゃあ！」

クレアが悲鳴を上げた、洞窟が揺れる程の咆哮がおれの口から出た。

ピリングスはびくっと固まってしまう。

一秒、二秒、三秒……十秒くらいしてから、ようやく動き出して襲いかかってくる。

「クレア」

「あ、うん！」

いつも通り火遁の術で削って、クレアにトドメを刺させる。

その間、龍の咆哮の効果を考える。

多分だけど、それでモンスターの動きを止めるスキルだと思う。

まあ、スキル名からして妥当なところだろう。

「センパイ！」

洞窟の奥からシャーロットが出てきた。

おれもクレアもちょっとビックリする。

「なんかすごい音がしたんですけど、今のまさかセンパイですか？」

「ああ、ドラゴンのスキルを試してたんだ。レベルが上がったばかりだからな」

「そうだったんですか、さすがですすセンパイ」

「お前はなんでここに？」

「修行です！　この村だとこの洞窟が一番の修行スポットなので、いる間はずっとここにいることにしました」

「あっ、外のテントってまさか」

クレアが気づく、シャーロットが頷く。

「はい、わたしのです！　洞窟のすぐそばにテント張った方が色々便利で、修行に当てられる時間が増えますから」

なんか修行マニアっぽい感じだな、シャーロットは。

「あの、もしよろしければご一緒させてもらえませんか？」

「一緒？」

「はい！　センパイの勇姿を是非、見せて頂きたく！」

熱烈な視線で訴えかけてくるシャーロット。

「まあ、いいけど」

「ありがとうございます！」

いちいち熱いシャーロットだった。

こうしておれたち三人は一緒に行くことになった。

「そういえばお前、どっかの姫様だってな」

「はい！　生まれは」

「それにしてはお姫様っぽくないけど」

「よく言われます」

シャーロットはあっさり認めた。

「それに……村人レベル7だっけ」

「はい！」

「それ、自分で上げたのか」

「そうです、最初はアレックス将軍に手伝ってもらいましたけど、最近はコツコツやれば自分一人でなんとか出来る様になりましたので、一人で！」

「そうなんだ……」

クレアになんか思うところがあるみたいだ。

「なんで村人なの？　お姫様なら早めに転職して、もっといい職業があるだろうに」

「この職業は神様から戴いたものです、神様がこの職業をわたしに与えたのにはきっと理由があると思いますので、まずはそれを極めようと」

「まずは？」

「まずは」

即答するシャーロット。きっと村人極めてから次にいくつもりなんだろうな。

修行マニアっぽいし。

話してるうちにまたピリングスが出た。

今度は二匹一緒にだ。

おれは火炎の息をはいて、まず一匹始末した。

今までも、複数だとクレアが危険だから、まずは一匹倒す様にしてる。

そして火遁で削って、クレアに任せる。

クレアがピリングスを無事倒す。

「なんかスムーズにいったな、今回は」

「ちからため使ってみたの。使った後の最初の攻撃がつよくなるみたい」

「ああ、使ってたのか。うん、そういうスキルだろうな。そのちからためって時間掛かるのか？

かかるのなら途中でいったんまき菱で足止めしとくが？」

クレアは少し考えて、言った。

「お願い」

「わかった」

相談した結果、戦術をちょっと組み直すことにした。

それで次のピリングスを探しに行こうとしたけど、シャーロットがものすごい目でおれたちを見てる事に気づく。

「どうした」

「さすがセンパイ！　今のモンスターを一撃で倒すだけじゃなく、そんなちゃんとした戦術も立てられるなんて」

「普通だろ、こんなの」

「いえ！　すごいです！　普通そんなに強かったら力押し一辺倒になりがちです」

なんかますます尊敬の目で見られた。

言ってる事はわからなくもないけど。

「センパイ、わたしもご一緒させてもらえませんか？」

「一緒？」

「はい、お二人と一緒に戦わせて下さい」

シャーロットはパッと頭を下げた。

「お願いします！」

「どうする？」

「わたしは……いいと思うけど。同じウィルフ様の所で勉強する者同士だし」

「そうだな」

「本当ですか！　ありがとうございます、センパイ！」

こうして、三人で洞窟探検をする事になった。

「あっ！　センパイ！　ちょっと待っててください！」

シャーロットは何か思い出したように、洞窟の外に向かって一目散に駆け出した。

「どうしたんだろ」

「さあ？」

おれとクレアはその場で待った。

しばらくしてシャーロットが戻ってくる。

教室ではじめてあったときと同じように、手に液体の入ったコップを持って、おれに差し出してくる。

「これは？」

「ジュースです！」

「いやそれはわかるが……」

コップを受け取って、シャーロットを見つめる。

こっちが何もいわないのに、また進んでパシったぞ、この子。

「お姫様……なのよね」

隣でクレアが困った風につぶやいた。

「はい！　生まれは！」

シャーロットはてらいなく答える。

「そしてセンパイ達の後輩です！」

熱い口調のまま、満面の笑みを浮かべたまま答えたのだった。

# 09 レベル13～体力回復

クレア、シャーロットの二人と一緒にピリングスを倒しまくった。

クレアはニンジャの技でフォローが必要だけど、シャーロットは戦い慣れてるのか、ほっといても大丈夫な感じだった。

ちなみに二人ともロングソードを使ってるけど、クレアのは質素な感じのするもので、シャーロットのは飾りがついた高そうなものだ。

ちょっとだけお姫様の信憑性《しんぴょうせい》が上がった。

「シャーロット……大丈夫？」

ピリングスを十匹くらい倒したあたりで、クレアがいきなりそんな事を言い出した。

見ると、シャーロットの顔色が悪い。なんだかふらふらしてる。

「大丈夫です、これくらい、なんとも」

全然大丈夫じゃなかった。出会った頃からの熱さと勢いがまったく感じられない。

「どうしたんだいきなり」

「ごめんなさい、センパイ、ちょっと疲れました」

「疲れた？」

「昨日から、賢者様の所に行った時以外、ずっとここにいたので」

「ずっと？」

「ずっと」

「もしかして……寝てないの？」

「はい……」

寝不足かい！

「すみません、ちょっと休んで、いいですか」

半分閉じた目でおれに聞くシャーロット。

こんな姿をみてダメだなんてさすがに言えない。

「休むのはいいけど、テントに戻った方が良くないか？」

「いえ、ここで……」

そう言って、シャーロットは地面に倒れた。

と言うか寝っ転がった。糸が切れた人形のようにくずおれていったが、地面にはするりと着地して、自分の腕を枕に寝息を立てている。

なんというか、流れるような動き？　ってやつだ。

「なんか……慣れてる？」

「そうみたいだ」

「子供みたい。はしゃぐだけはしゃいで、一瞬で寝てしまうの」

「確かに子供っぽいな。しかしこれどうしたらいいんだ？　このまま放っておく訳にもいかないし」

「うーん」

クレアは唸った。

一緒にシャーロットを見下ろす、金髪の美少女……何よりもお姫様である彼女をこのままにして置く訳にもいかない。

「テントまで連れて帰るか」

「そうだね」

頷くクレア。

とりあえずおんぶして、外に連れ出そうと手を伸ばしたその時。

「うお！」

シャーロットの目がいきなり開いた。ぱっちりひらいて、こっちを見た。

「おはようございます！　センパイ！」

「はい？」

「おかげさまで熟睡できました。元気いっぱいです」

「熟睡って……ちょっとしかたってないよ？」

驚くクレア。体感だが三分もたってない。

ショートスリーパーにも程がある。

「本当に大丈夫？」

「はい！　大丈夫です！」

シャーロットは両腕でガッツポーズした、元気いっぱいだと言った。

そのポーズがなくても、口調からしてさっきとはまったく違う。熱さがあきらかに戻ってる。

本当に回復したのか？　あの三分間のショートスリープで。

「それもしかして村人のスキル？」

「いえ、これはわたしの特殊体質みたいなものです。村人のスキルは本当に村人ですから」

「本当に村人？　たとえば？」

「村人レベル1だとどこにいってもすぐにその村の名前がわかるんです。一緒に行った人が『ここはどこ？』ってきくとわたしが知らなくても口が勝手に答えるんですよ」

「勝手に？」

「はい。ここは何々の村です、って」

……そうか、村人かぁ。

「他にも色々ありますけど、今はレベル10を目指してます。うわさだとレベル10になると初めての村でもそこに流れるうわさがすぐにわかるみたいです。何か困ってること、よそ者に話せない隠し事とかもすぐわかるみたいです」

「おいおい、村人実はかなり強力じゃないのか？」

名前からしてしょぼいって思ってたんだけど、全然そうじゃないみたいだぞ。

「でも洞窟とか野外とかじゃ全然役に立ちません。村人ですから！」

シャーロットが力説する。しょんぼりしてもおかしくない内容なのに、拳を握ってまるで威張ってるように聞こえる。

熱いなあ、本当に。

ともかくシャーロットが回復したから、ピリングス狩りを再開した。

狭い洞窟の中、増えた仲間。

ドラゴンの息系スキルは使えないから、おれはニンジャスキルでサポートに徹した。

「センパイ、その葉っぱ美味しいんですか？」

「美味しくないから！　職業が毛虫だから食べてるだけなんだからね！」

「そうなんですか？　ちょっと一枚拝借……ぺっ、ぺっ、センパイの言うとおりすごくまずいです！」

「……まずいとまでは言ってないもん」

なんだか意外と楽しかった。
二人の後ろでサポートして、掛け合いを見てるのが楽しかった。
それと頼られるのが嬉しかった。
「ありがとうございますセンパイ！　センパイのおかげで、普段の三倍は楽です！」
「わたしも、カルスくんがいなかったら全然ダメだったかも」
持ち上げられて、いい気分になった。
だから、油断した。
いきなりピリングスが現われた。
それも四匹。今までで一番多く、まとめて出た数だ。
「きゃあ！」
クレアがいきなり殴り飛ばされて、背中を壁にたたきつけられる。
四匹がいっぺんにシャーロットに襲いかかった。
援護のために手裏剣を出して、投げつける。
数が多すぎて、ダメージが分散して倒せない。
シャーロットが苦戦する。一撃を剣で止めたが、頭、腕、足を同時に殴られた。
後ずさって、地面に膝をつく。
助けなきゃ。

息を――じゃなくて咆哮！

龍の咆哮を使った。

地鳴りがするほどの咆哮が毛玉共の動きを止める。

「シャーロット動けるか」

「はい！」

「なら離れろ、すぐに！」

「わかりました！」

シャーロットは素直に、言われた通り下がった。

その場で棒立ちになった毛玉どもを火炎の息で一掃した。

「ふう……」

「ありがとうカルスくん」

「さすがですセンパイ！　一瞬で四匹も倒すなんて！」

「そんなのいいから。それよりも、二人とも大丈夫か」

「うん、ちょっとうっただけ」

「わたしも大丈夫です！　こんなにほら――あいたたた」

シャーロットは両腕でガッツポーズしようとしたけど、こん棒で殴られた箇所を手で押さえて痛がった。

「いいから無理するな。今日はこれまでだな」

「大丈夫です！　こんなの寝ればなおりますから」

「はい？」

「ちょっと寝ます！」

シャーロットはそう言って、回復のために、また地面に腕枕して寝てしまった。

一方で、クレアは葉っぱを取り出して、回復のためにむしゃむしゃし出した。

おれのまわり、こんなのばっか。

# 10 レベル14～賢者の教室、初陣

「さて、今日は何を話すかいの」

「ウィルフ様！　兵法などはいかがでしょうか！」

「ほっほー、兵法かい。いいじゃろ」

シャーロットがじいさんに提案して、真面目に授業を受けてる横で、おれは別の事を考えてた。

今日の出席でまたレベルアップ、ドラゴンがレベル7になった。

これで人生レベル14。

何より、ドラゴンがニンジャに追いついた。両方ともレベル7だ。

感想としては、ドラゴンの方がニンジャより圧倒的に強い。

この段階で間違いなくドラゴンの方が強いけど、微妙に方向性の違いもある。

ドラゴンのスキルは直接攻撃の物が多い、ニンジャは補助的な物が多い。

他の職業はどうなんだろうかと思った。

☆

授業が終わった後、クレア、シャーロットの三人と一緒に、ゴルドンのギルドにきた。

「センパイ、どうぞ！」

すっかり舎弟化《しゃてい》したシャーロットがドアをあけて、おれを中に入れる。

なんかちょっと恥ずかしいけど、悪い気はしない。

例の女がカウンターの向こうにいた。

それよりも、何組もの人達がいた。

それぞれ武装した格好で、グループごとにわかれてる。

おれたちが入ってきたことで視線が集まってきたが、すぐにほぼ全員失笑した。

「なんだあれは」

「全員子供じゃないか」

「社会科見学はやってないぞー」

なんかいろんな雑音が聞こえる。

「か、カルスくん……」

ちらっと背後を見た。

クレアはちょっとビビリで、シャーロットは顔を真っ赤にしてわなわな震えてた。

そんな二人を落ち着かせるために微笑《ほほえ》みかけつつ、一緒にカウンターに向かって、女に話しかけた。

「ども、これはなんですか？」

「いつものやつ……って言ってもあんたにはわからないか。うちはレイモンドさんと提携しててね、レイモンドさんが町から別の町に物を運送するときにその隊列の護衛を請け負ってるのさ」

「レイモンド？」

「しらないのかい？　この街一番の商人だよ」

「はあ」

知らなかった。

つまり長距離トラック業者のようなものなのか？　にしては護衛が必要って。

「途中で盗賊がでたり、モンスターが出たりすることがあるからさ」

女がおれの疑問を見抜いて、答えてくれた。

なるほど。

「今回はレイモンドさんから特に大事な積み荷だ、報酬ははずむぞって言われたから、それでうちに登録してる腕利きに招集掛けたのさ」

おれは少し考えて、言った。

「それ、おれたちも参加していいか？」

「カルスくん？」

「センパイ？」

二人が驚く。

ちょっと興味があるし、金を稼げるというのも魅力的。

「それはいいけど、これは団体登録してる連中にしか振ってない仕事だよ」

「じゃあする」

「レベルは？」

女はおれたちを、特にクレアを見て言った。

「メンバー全員のレベル合計、それが最低でも20以上じゃないと受け付けてないよ」

なんで20？　って一瞬思ったけど。個人登録が最低10からで、団体の最低人数二人で20か、って思った。

えっと、おれが14で、シャーロットが7で、クレアが2。

合わせて23か。うん、足りてる。

「23ある」

「じゃあここにパーティーの名前と、メンバーの名前と、人生レベルを書いて」

「パーティーの名前？」

「そう、パーティー向けの仕事があったらそれで依頼出すから。思いつかないのなら適当に自分の名前に愉快な仲間達ってつけてもいいさね。後で変えてもいいし」

なるほど。

しかしパーティーの名前か。

おれは振り向き、クレアとシャーロットをみた。

「賢者の教室、でいいか？」

なんとなく出てきた名前を二人に聞く。とりあえずでいいんなら、まずは三人の共通点でつけてみた。

クレアは普通に頷いて、シャーロットは首がちぎれそうなくらい頷いた。

☆

ゴルドンを出て、次の街に続く道を歩く。

荷物を満載した馬車が五台。そのまわりを武装した冒険者がぐるっと取り囲む。

おれたちもその中にいた。

「賢者の教室かあ」

歩きながら、シャーロットは目をきらきらさせていた。

「お前、ウィルフ様の所に押しかけてきたもんな」

「はい！　ありがとうございます！　センパイ！」

シャーロットはやはり熱かった。

「おう、ボウズ」

横から声を掛けられた。

年季が入った鎧を身につけてる、30代の中年男だ。

「なんですか」

「おめえのレベルいくつよ」

「はあ」

「見たところ成人したばっかりだし、大したレベルじゃねえだろ」

まあ普通はそうかもな。

「おれは戦士でレベル16だ」

「へえ」

同じ戦士でレベル1のクレアをみた。クレアは顔を赤くした。

「おめえはいくつだ」

「えっと、まだかないませんよ」

二つ合わせてもまだ14だった。

「当たり前だばーか。おまえ16をなめてるだろ、こっちがこのレベルにたどりつくまでどれだけ苦労したと思ってる」

「まあまあロブ、見たところまだ成人したての子供だ、レベル上げの苦労を理解してなくてもしょうがない」

別の男が会話に交ざってきた。

20代後半くらいの、結構イケメンだ。

パッと見てイケメンだけど、よく見たら表情がなんかむかつくタイプだ。

「パトリック」

「放っておいても世間の厳しさにいずれ気づくものさ。それと、努力の大事さもな」

「はは、ちがいねえ」

言いたいことだけ言って、二人の男がそれぞれ自分達の仲間のもとに戻っていった。

つうか、何が言いたかったんだ？

えっと……苦労したから、努力の大事さ？

……うん、そうだね。

ロブとパトリックだけじゃなくて、他の冒険者からも色々言われた。おかげでクレアとシャーロットを宥めるのが大変だった。

そうして隊列と一緒にしばらく進んでると、急に騒がしくなった。

「敵だ！　前と後ろから挟み撃ちだ」

おれは緊張した、クレアとシャーロットも一緒だ。

だが他の者達は違った。

「ひゃっはー、ようやく出てきてくれたか」

「まってたぜえ」

「こいつら倒して、ボーナスの報酬ゲットするぜ」

どうやら護衛中に襲ってきた敵を倒すと報酬が更に上がるらしい。

なるほどそれでテンションが上がってるのか。

「カルスくん、どうしよう」

クレアがビクビクしてる。

「とりあえず戦おう。おれが前にでる、二人は身を守る事最優先」

敵の強さがわからないから、この方がいいと思った。

「うん！」

「わかりました！」

あっちこっちで戦いが始まる。

おれも隊列の後ろにむかっていった。

そこでみたのは、モンスターを操ってる人間の姿だった。

顔の上半分を隠すマスクをつけてる男が何人もいて、その男達は火の玉や氷の結晶、光の玉と闇の塊のモンスターを意のままに操ってる。

四属性の精霊？　みたいなモンスターだ。

それが気になったけど、とりあえず戦った。

強さがわからないから、火炎の息を吐いた。

轟炎《ごうえん》がモンスターを巻き込む。

炎が消えた後、火の玉だけが生き残ってた。

「クレア！　シャーロット」

「うん！」

「はい！」

二人が火の玉に飛びかかって、トドメをさした。

次のモンスターグループに向かって、今度はフォトンブレスを吐いた。

すると光のモンスターだけが残った。

声を掛ける前に、クレア達が飛びついてトドメをさした。

ドラゴンのスキルで攻撃力が足りてる。ただし属性のせいか、同じ属性のモンスターだけ生き残ってしまう。

それはクレアやシャーロットに経験値を分けてやれるので、問題はない。

モンスターを一掃すると、半分マスクの男が呻いた。

「くっ！　フレア、アクエリ、ウィル、ダーカー！」

男が叫ぶと、さっきのモンスターがまた出てきた。

召喚術のようなもんか？

それも同じようにクレアとシャーロットと協力して倒した。

また召喚されると面倒臭いから、一掃した次の瞬間に男を火炎の息で倒しておいた。

大して強くなかったな。まあでもこれで追加の報酬が得られるのなら言うことはない。

「か、カルスくん！」

「センパイ！　囲まれました」

「え？」

二人の慌てる声が聞こえた。

まわりを見回して、おどろいた。

いつの間にかギルドが雇ってた連中はことごとくやられてて、地面に転がって呻いている。

それで手が空いた他の召喚術士と、モンスターがおれたちを取り囲んでいた。

「後はお前達だ」

召喚術士の一人がそう言った。

状況から見れば、まさにそう。

そうだけど……おいおい、ギルドの連中、弱すぎないか？

ふと、さっきのロブって男が目に入った。

そいつは地面に倒れて、這って、逃げようとしてる。

……おいおい。

「やれ！」

敵の号令で、モンスターが四方八方から一斉に襲いかかってきた。

ピンチ――って気が全然しない。

息をすって、口を開く。

「ぐおおおおおお！」

大地を震撼《しんかん》させる、龍の咆哮。

モンスターも、召喚術士も、……ついでにロブも。

全員の動きが止まった。

動けるのはおれと、クレアと、シャーロット。

「行くぞクレア、シャーロット。全員倒して捕まえるぞ」

「うん」

「はい！　センパイ！」

## 11　レベル21〜村の英雄

「あんた達のおかげで助かったよ」

荷馬車の隊列を目的地に送り届けて、ゴルドンのギルドにもどってきた。

他の連中はほぼ全滅、おれたちだけが最後まで護衛したのはもう伝わったみたいだ。

ギルドの女がすごく感謝した目でおれたちを出迎える。

「あんた達がいなかったら大変な事になってたよ」

「そうなのか？」

「そうさ。荷物の護衛ってのはね、品物に万が一の事があったら弁償しなきゃいけないんだよ」

そりゃそうか。

「金だけの問題じゃない、信用の問題にも関わる。だから本当にたすかった。報酬ははずませてもらうよ。とりあえず今回ので1万ボンド払うよ」

1万ボンドって、どれくらいの価値なんだ？

「そ、そんなに!?」

クレアが盛大にビックリした。

「それって多いのか？」

「すごく多いよ。わたしの一ヶ月のお小遣いよりずっと多いよ」

「そうか」

微妙に多いのか少ないのかわからない。そもそも初めて聞く単位だからピンと来ないし。

「金の価値はよく分からないけど、それってかなりの額なのか？」

「わからないのかい？」

「ああ」

素直に頷く。わからないものはわからないんだから仕方ない。

女は盛大に驚いたが、すぐに落ち着いて、おれに説明した。

「そうだねえ……その辺の店で外食したとき、一人頭の代金が大体5ボンドだね。それでわかるかい？」

「ふむ」

外食の一食分が5ボンドか。

元の世界が大体五百円から千円くらいって計算なら、百から二百万円ってところか。

「他は？」

「そうだねえ。男の服なら十から数十ボンド」

数千円くらいだな。

「村の一軒家なら数万ボンドあれば土地付きで買えるねえ」

「なるほど、大体わかった」

おれはクレアをジト目でみた。

「お小遣いレベルの話じゃないぞ」

「だって、ずっと多いんだよ」

「わかったわかった」

大体の価値はわかった。

女は出会った時からすっかり別人のような、信頼しきった顔でおれを見つめ、言った。

「これからもよろしく頼むよ」

「ああ」

頷き、報酬を受け取って、クレアとシャーロットと一緒にギルドを出た。

「山分けするか」

報酬の入った袋を掲げてみせる。

「いえ、それはセンパイが持つべきです！」

「わたしもそう思う。カルスくんがいなかったらきっとわたし達もやられてたから。カルスくんのおかげだから、それはカルスくんが持つべきだよ」

「そうか？」

二人がそういう。別に文句はないから、おれが持つことにした。

☆

特に何もおきないまま、一週間が経った。

朝起きてじいさんの所にいって。シャーロットが猛烈に質問するから一緒になって授業を聞いて色々学んで、終わったら三人で洞窟に行ってモンスターを狩る。

毎日それの繰り返しだ。

それでも変わったところをしいてあげるとしたら、クレアがレベルアップしたけどなぜか毛虫がレベル2になったのと、おれたち三人の息が合ってきたことかな。

もう最近はかけ声もしなくなってきた。

おれのサポートで、クレアとシャーロットが協力してモンスターを倒す。

いくつか戦術っぽいのができて、アイコンタクトだけでどれで行くのかわかるようになった。

そうそう、ドラゴンのレベルもさらに7上がって、全スキルの2を覚えたけど、こっちはまあ、どうでもいっか。

☆

「シャロちゃん、今日もうちでご飯を食べてって？」

「いいんですかクレアセンパイ！　これで三日連続ですよ!?」

「シャロちゃんが来てくれた方が、わたしも作りがいがあるよ」

今日の狩りが終わって、おれたち三人は洞窟を出て、村に戻ろうとした。

クレアとシャーロットはますます仲良くなっている。最近ではクレアがシャーロットの事をあだ名で呼んで、毎日の様に夕飯に誘ってる。

「カルスくんもどう？」

「おれも？」

「うん、どうかな」

「葉っぱじゃないんならお呼ばれしようかな」

「もう！　お客さんにそんなもの出すわけないじゃない！」

冗談を言い合って、村に戻る。

戻ってきた村はなんだか騒がしかった。

普段はのどかな村だけど、なんか殺伐としてる。

騒ぎの声が聞こえる。アイコンタクトをして、三人で騒ぎの方に向かって走って行った。

村の中心、祭りがあるときに使うって聞かされた広場にやってきた。

そこに見慣れない連中がいた。

武装した荒くれ者が十人くらいで、そいつらは我が物顔で広場を占拠してる。

「ブラムさん！」

クレアが叫んだ。

荒くれ者達のすぐそばに男たちが倒れて、血を流している。

うちの一人は見覚えがある。この村で一番強い、武道家レベル15のブラムだ。

争った跡が見てとれる。戦って負けたんだろう。

更に何人かの若い女の人が捕まってる。胸を男に揉まれたりと、されたい放題だ。

「ガキか」

荒くれ者の一人がこっちをみて、せせら笑った。

「ガキに用はねえ。おい！　この村の村長を出せ」

男が叫んだ。しばらくして、一人の老人がやってきた。

あまり話したことはないけど、村長のダリルだ。

「これは、どういうことですかな」

「てめえが村長か」

「そうじゃが……これは」

「回りくどい話はなしだ。この村は今日からおれたちが守ってやる」

「守ってやる？」

「そうだ。モンスターとか、悪党とかからな」

男がいうと、他の男達が一斉に笑った。

どの面《つら》下げて言うか。という言葉が喉まで出かかった。

「だけどよ、こっちも慈善事業でやってるわけじゃねえんだ。守ってやるんだ、わかるだろ」

「……」

村長は苦虫をかみつぶしたような顔をした。

今の話をわかりやすく通訳すると、今日からおれたちのシマだからショバ代払え、って事だ。

「村長」

「村長さん……」

まわりから不安の声が上がった。

村長は男の方を、その足元を見た。

血を流して、苦しんでいるブラム。

村最強の男がやられたのをみて、村長の顔にあきらかな諦めの表情が浮かんだ。

まわりの村人も同じ顔だ。

「わかり――」

「待て」

村長が荒くれ者の提案を受け入れる寸前、おれは大声を出して、話に割って入った。

「ああん？　なんだ、さっきのガキじゃねえか」

「カルスくん……やめなさい、ここは子供の――」

「ぐおおおおおお！」

ドラゴンレベル13、龍の咆哮2。

大地を揺るがすほどの咆哮が轟く。

村長が腰を抜かし、村人から悲鳴が上がる、どこからか子供の泣き声も聞こえてくる。

荒くれ者たちが、驚き戸惑った。

それは先制攻撃であり、合図でもあった。

次の瞬間、おれの背後からクレアとシャーロットが一斉に飛び出した。

龍の咆哮2にやられた荒くれ者達はショックが抜けないまま、クレアとシャーロットに次々と倒され、捕縛され無力化させられた。

☆

つかまった女の人たちが解放され、ブラムをはじめとする男達も助けた。

ケガはひどいが、命に別状はない。一ヶ月も養生すれば治ると村の医者が言った。

「ありがとう、カルスくん、クレアくん。それと……」

村長はシャーロットに目を向け、言いよどむ。名前を知らないんだろう。

「シャーロットです」

おれが代わりに教えた。

「シャーロットさん。ありがとう、キミたちのおかげで助かったよ」

「ああ、助かったぞ」

「ありがとうね」

「二人ともいつの間にそんなに強くなったの？」

村人たちから次々とお礼を言われた。

この一件で、おれたちは村の英雄になった。

# 12　レベル21〜首に鈴をつけて

村を襲った男は一人で夜道を走っていた。

戦いに負けて縄で縛られてつかまったが、監視もつけられてなかったから、縄を抜けて村から逃げ出してきた。

そして今、アジトに戻る最中だ。

「くそが、ガキどもめ、舐めやがって」

悪態をつきながら、夜道を走り抜ける。

「むっ」

男は立ち止まって、後ろを振り向いた。

人の気配を感じたからだ。

だけど、人はいない。

目を凝らしてじっと見つめたけど、霧が出てるけど、人がいるように見えない。

霧の中から野ウサギが出てきた。

「なんでぇ、脅かしやがって。ぺっ」

唾を吐き捨て、また走り出した。

しばらく走っているとアジトに戻ってきた。

廃棄された山城で、塀があって、中に館がある。

それを占拠して、手入れして、アジトに使っているものだ。

「おーい、あけてくれ」

男が声を上げた。

門が開いた。筋肉質の男がたいまつ持って現われた。

「おう帰ったか――ってどうしたその格好。他のみんなは」

「ガキにやられた。仕返しにいくからみんな起こしてくれ」

「やられた？」

「このままじゃ引き下がれねえ。ガキに舐められたままじゃな」

「……わかった」

男がアジトの中に入った。

明かりが次々とついて、騒がしくなった。

「けっ、今に見てろよガキが。あっさりとおれを逃がした事を後悔させてやるぜ」

「逃がしたのは」

「――っ！」

男がぱっと振り向く。

そこに、あの少年がいた。

「ここに案内してもらうためだったんだよ」

☆

おれは男を尾行していた。

夜道は暗く、気を抜くと見失いそうになった。

ふと、しのび足の効果が切れてしまって、足音を立ててしまった。

男が立ち止まる――まずい。

とっさに煙遁の術を使った。

煙が広がる。

足元に野ウサギがいたから、足で突っついて煙の外に出してやった。

「なんでぇ、脅かしやがって。ぺっ」

男はそれで安心して、また走り出した。

しのび足をもう一度使って、後をつける。

しばらくして、城のような所にきた。

戦国時代の初期にあるような、まだ天守閣が発明される前の、真ん中が館になってる城だ。

そこで男が仲間に何か言った。仲間は城の中に入って、しばらくして明かりがぽつりぽつりつき始めた。

ここが本拠だな？

なら、もう隠れる必要はない。

おれは男に向かっていった。

「けっ、今に見てろよガキが。あっさりとおれを逃がした事を後悔させてやるぜ」

「逃がしたのは」

「――っ！」

「ここに案内してもらうためだったんだよ」

「てめえ……くそ！」

男は城の中に逃げ込んだ。

歩いて後を追う。

中に入ると、荒くれ者が丁度ぞろぞろ出てくるところだった。

たいまつを持って、武器を持って。

敵意をもって、おれの事を睨んでいる。

ざっとみて百人はいる、しかもあっちこっちから声が聞こえて、まだまだ集まってくる。

最終的には二百人くらいになっておれを取り囲んだ。

「一人できやがって、バカが」

「……これで全部か？」

「はあ？　何言ってんだガキ」

「全部かって聞いてるんだ。また跡をつけるの面倒だからな」

「てめえ、わざとおれを逃がしたって言いたいのか」

「監視はいなかっただろ？　あれさ、村長を説得するの難しかったんだぞ。最終的にはじいさんの名前を担ぎ出してやっと言うことを聞いてもらえたんだ」

「……てめえ」

男が歯ぎしりして、血走った目でおれを睨む。

どうやらこれで全部みたいだ。

なら、そろそろやるか。

ドラゴンのレベル14スキル、逆鱗《げきりん》2。

レベル7の時に覚えたスキル、レベル14になってその2を覚えたスキル。

使った瞬間、背中がむずむずした。

後ろに手を回して、自分でそれに触った。

目の前が真っ赤になって、力が、無限に湧いてくる。

力が……ちからが……チカラガ。

ナニカト引キ替エニ力ガ――ナニカ？

ナニカッテなんだ――ワカラナイ。

頭ニモヤガカカッタカンジ――ナニモワカラナイ。

「グオオオオオオオ！」

「な、なんだこいつは」

「構うな、この人数でかかればミンチだ」

「やれや！」

ワカルノハ目ノ前ニ敵ガイル事。

敵、二百人程度ノ敵。

二百程度ジャ……タダノごみくずダ。

「馬鹿な！　なんで斬れねえ」

「この硬さ……人間の肌じゃねえ！」

「ひるむな！　全員で斬ってりゃいつか斬れる」

ユックリ動ク。一人ノ腕ヲツカム。

チョット力ヲイレタ。

グシャ――ボキッ。
「うぎゃあああ！　腕が、腕が折れた!!!」
ウルサイ、騒ガシイ。
メンドウクサイ、静カニスル。
静カニスル。
静カニ……。

☆

長い間ぼうっと立っていたようだ。
意識が戻ったのは朝日が昇ってからで、おれの目の前に地獄が広がっていた。
男達が血まみれで倒れて、呻いている。
手足が曲がっちゃいけない方向に曲がってるのが多く、中には欠けてるのもある。
炎で焼かれたわけじゃない。
凍らされたわけでもない。
もっと純粋に、力によって曲げられ、裂かれていた。
どうやったのは見当もつかないが、おれがやったのは間違いない。

記憶にはない、気分には残ってる。
力に呑まれて、思うがままに力を行使したという気分が。
――逆鱗。
間違いなく、それによる物だろう。
これは……多用しない方がよさそうなスキルだと、おれは思ったのだった。

## 13　レベル22〜一国一城の主（直喩）

「カルス、家探しは進んでるの？」

朝、じいさんの所に行こうと家を出ると、母さんがそんな事を言ってきた。

「家探し？」

「何を驚いてるの？　成人の儀式を済ませた大人は一人暮らしをするしきたりじゃない。いつまで実家にいるつもり？」

「そんなしきたりがあったのか!?」

おれは驚いた。

「神父さんは何も言わなかったぞ」

「神父さんに言われなくても当たり前のことじゃない」

母さんはちょっとだけあきれ顔になった。

成人したから独り立ちしろ。

わかる話だけど、知らないからちょっと驚いた。

☆

じいさんの家、授業開始前。

クレアとシャーロットの二人と独り立ちの話をしていた。

「わたしはもう一人暮らししてるよ。成人の儀式の前の日から。うちはスパルタだから、前の日から『全部一人でやれ』って言われてたんだ」

そういえば、最初にあったときも一人で来てたっけ。

「わたしもですセンパイ！　あっちこっちで修行したいので、テントだけもらって城を出ました」

あのテントはそういうことだったのか。そうか、だから姫なのにそうなのか。

と、言うか……。

「実家暮らしはおれだけ……？」

「そういうことになるかな」

クレアが微苦笑で頷く。

なんかちょっと恥ずかしくなってきた。

「センパイもテント暮らしどうですか？　住めば都ですよ！」

「いやテント暮らしはちょっと」

テントでは暮らせないから、すぐにでも部屋を借りて家を出なきゃと思った。

☆

ドラゴンがレベル15になった授業の後、おれはゴルドンのギルドに来た。

村で部屋を借りたくて、神父とか村長とかに色々話を聞いてみたけど、結論はまず金を稼ぐところからはじめないとってことになった。

今おれがもってるのは、隊商護衛の仕事で稼いだ1万ボンド。

数万ボンドがあれば土地付きの家が買えるって話を前に聞いた。

せっかくだし、もうちょっと稼いで一気に家を買ってしまった方がいいと思った。

だからギルドに来て、仕事を探した。

「いらっしゃい」

例の女、アネットがいた。

彼女に近づいて、単刀直入に言う。

「なんか仕事はないか？　早く稼げる仕事がほしい」

「早く稼げる仕事？」

「そう、いまちょっとまとまった金が必要なんだ」

「そうだね……あっ、パーティー向けに丁度一つあった」

アネットはそう言って、一枚の紙を取り出した。

「ここからちょっと離れた所にダイセージという古い城があるのを知ってるね？」

「ダイセージ？　古い城？　あの盗賊っぽい連中が占拠してたところか？」

「そう、知ってるのなら早い……って占拠してた？」

「うん」

「なぜ過去形なんだい？」

「昨日村にいきなり来て、今日からここはおれらのシマだってふざけたこと言ってきたから、乗り込んで全滅させてきた」

「……えええええ」

アネットが盛大に驚いた。ひっくり返る程の勢いで驚いた。

「ちょ、ちょっとそれ本当かい？」

「ああ」

ドラゴンのスキル逆鱗を使って、半ば暴走的にやったから、綺麗さっぱり焼き尽くしてきた。

大半の建物は焼き尽くされて、残ってるのは堀と塀、あと多分城主が住む館くらいなもんだ。

「冗談だよね」

「いや？　なんだったら確認しにいってもいいぞ。もうだれもいないからあそこは安全地帯だ」

「うそだろ……盗賊っていってもあれはアントン傭兵団の一部、傭兵崩れだよ？　それを……」

「へえ、元傭兵だったのか」

「まって、今人をやって確認するから」

「ああ」

☆

一時間後、アネットが確認にやった人間が戻ってきた。

報告はおれがいった内容とほとんど同じだった。

アネットはますます驚いたが、おれの言うことを信じてくれた。

「本当だったんだねぇ」

「やってないことを主張するわけがないだろ」

「しかし……本当に言いにくい事なんだけど」

「うん？」

「それじゃ報酬はだせない。依頼を受けて、誰がやりに行ったのかというのがわからないと、こっちとしては報酬は払えないんだ」

「そりゃそうか」

当たり前の話だ。クエストを受けないでモンスターを倒してきても報酬なんてもらえないもんな。

「どうにかならないのか？」

「自分がやったという動かない証拠があればいいんだけど」

「うーん、ないなあ。結局まとめて焼き尽くした訳だから。証拠もくそもない」

「だったら……」

アネットは申し訳なさそうな顔をした。

「まあいい、それよりも他に稼げる仕事はないのか？　ここでうけてすぐに行ってくるぞ。礼の盗賊の件を『やれる』って保証にしてくれたら助かるな」

「なんか焦ってるね？　なんでだい？」

部屋を借りるための金を早く稼ぎたいってアネットに言った。

「そうかい。それならこの依頼が――いや」

アネットは何かを取り出しかけて、首を振った。

「住む場所がほしいんだよね」

「ああ」

「ならあの城――ダイセージをもらえば良いのさ。あれは持ち主のない廃棄された城。あそこにすめばいいんじゃないのかい」

「……おお」

「元々持ち主のない場所で、力があるものが勝手に占拠する様な場所だ。あんたが倒した連中みたいにね。だから、それを倒したあんたが次の持ち主になるのはだれも文句はいえないね」

アネットの提案、それは結構、面白い提案に聞こえた。

☆

ダイセージにやってきた。

そこにあるのはくるりとまわりを取り囲む空堀と人間の背丈よりもちょっと高い塀、そして真ん中に城主が住むであろう館。

他はまるで更地のようだ。

殴り込みに来た時の記憶だと他に色々建物があったはずだけど、それらは綺麗に消えている。

逆鱗を使った最中は記憶が曖昧だけど、五種類のブレスを代わる代わるに使って綺麗に「ならした」とおぼろげに覚えてる。

ここに住む……。

城の中、敷地内をぐるっと一周してみた。

なんか、いいかもしれない。

「カルスくん」

「センパイ！」

クレアとシャーロットの声が聞こえた。

二人が城に入ってきていた。

「おれがここにいるってよく分かったな」

「ギルドにいったらアネットさんがここにいるって」

「その人から聞きました！　センパイここに住むんですか？」

「ああ、それもいいかもしれないって今思ってる」

「それなら！」

シャーロットが大声を出した。

いつも熱いけど、今までで一番熱かった。

「わたしもここに住まわせてもらってもいいですか？」

「おまえも？」

「はい！　どこかちょっとスペースを貸してくれたら、そこにテントを張りますから！」

「そっか、テントだから自由に移せるんだ」

「はい！　お願いします！　センパイのそばにいたいんです！」

おれは少し考えた。

そこに、クレアも言ってきた。

「カルスくん、わたしも……ここに引っ越してきていい？」

「クレアも？」

「うん、どうかな」

更に考えた。

土地は有り余ってるんだ。塀が囲んでいる内側だけでもサッカーコートくらいの広さはある。

住まわせるのはまったく問題ない。

いや、むしろ楽しいか。

……うん、楽しそうだ。

おれの城に、二人を住まわせること。

今までに想像したことのない、言葉にしにくいけど、結構楽しそうに感じた。

「いいぞ、二人とも引っ越してこい」

「ありがとう！」

「ありがとうございます！」

二人は笑顔でお礼を言った。

こうして、城を手に入れたおれの新たな生活が始まる。

# 14 レベル23～ウサミミ

レベル23になった授業のあと、おれは一人で城に戻ってきた。

これから住む城だ、色々拡張したり、設備をそろえたいと思った。

そのために色々と確認して、やりたい事と必要な事をまとめたいと思った。

思ったのだが、戻ってきたおれの目の前にとんでもない光景が広がっていた。

朝起きてじいさんの教室に行ってから数時間しかたってないのに、城の中はモンスターであふれかえっていた。

よく見かけるピリングスをはじめ、スライムのような軟体動物とか、目玉が一個飛び出てるゾンビみたいなカラスとか、なんか背中がとげとげになってて口から火を噴いてるでっかいカエルとか。

モンスターが大量に、城の中にあふれかえっていた。

一言でたとえるのなら――百鬼夜行、そんな感じの光景だ。

マジかよ、本当に数時間……午前中の授業くらいの時間しか離れてないんだぜ。

なのにこうなってしまうのかよ。

「カー、カー！」
「ぷにゅぃぃぃぃ！」
モンスターがおれを見つけて、襲いかかってきた。
考えるのは後だ、まずはこいつらを退治しよう。
おれは火炎の息1を使って、まずは第一陣を焼いた。
その先のスキルも覚えてるけど、1の火力で足りるから、それを使った。
次々と襲いかかってくるモンスターを焼いていく。
数はあるけど、脅威はまったくない。
片手間に「掃除」しながら、おれは別の事を考えていた。
今日の出席で人生レベル23、ドラゴンがレベル16になった。
それで覚えたスキルは「真・氷結の息」。
おれはある事に気づいた。
今までのドラゴンレベルで覚えたスキル七種類。
レベル1から7で一通り覚えて、8から14で既に覚えたスキルの「2」を覚えた。
そしてレベル15は「真・火炎の息」、レベル16は「真・氷結の息」。
今までのパターンだと、レベル21まで「真」が続く事だろう。
同時に、ドラゴンのレベルが21で打ち止めって可能性もある。

おれはじいさんの所に出席する度にレベルが上がる。

レベルがカンストしたら上がらなくなるって話をじいさんから聞いたから、他に上げられる職業を用意しておきたい。

まだ上げきってないニンジャはあるけど、出席を無駄にしないためにも、いくつか別の職業を用意しておきたい。

……最悪戦士だな。

クレアにとってやった後もピリングスを狩り続けたから、戦士転職用のあの小さなこん棒はいくつか持ってる。

持ってるけど、他のもほしいところだ。それもやらなきゃいけない事として覚えとこう。

そんな事を考えている内に、モンスターを一掃した。

クレアとシャーロットといる時の方が「楽しい」けど、一人の方が「楽」だ。

遠慮なくスキルぶっぱで倒す事ができるから。

まあ、ぶっぱっていっても抑え気味の火炎の息1だけどな。

「そこ、人間さん」

女の声がした。ぼそぼそ喋るタイプの、女の子の声。

振り向くと、城の入り口に小さな姿が見えた。

フードとマントで全身を隠してる小さな姿、だというのに体の三倍以上のでっかい武器――メイスのような武器を持ってる。

「なんだ?」

「人間さん、ここの持ち主?」

「うん?　ああ、そうだ」

特に持ち主のない城だけど、力ずくで奪った人間が使って良いってアネットから聞かされたから、もうおれのもので問題ないだろ。

それがどうしたんだ?

「じゃあ、覚悟」

物静かに言い放ち——いきなり襲いかかってきた!

メイスを重たそうにのっそりと構えて、一瞬で飛びかかってきた。

「うお!」

おれは慌てて避けた。

大きく振りかぶったメイスが避けた後の地面にたたきつけられる。

軽く爆発のような砂煙を起こして、地面が揺れる。

「かわされた?　でも、まだ」

更にメイスを振りかぶって、飛びかかってくる。

なんで襲われるのかわからないが、応戦しなきゃ。

更に避けて、即座に火炎の息を吐いた。

炎がそいつを包む。その間におれは距離をとった。

「やべ、ついドラゴンの方をつかっちゃった。やり過ぎたか？」

今まで火炎の息にたえられたものはいない。

盗賊団の時は遠慮なく使ったけど、女の子相手に今のはないとおもった。

次の瞬間、おれはビックリする。

なんと、メイスを引きずるようにして、女の子の小柄な姿が炎の中からでてきた。

歩いて、炎の中から出てきた。

「この攻撃は、さっき見てた」

女の子は言った。

「見た目通りの攻撃力。この程度なら耐えられる」

……ムカ。

「今度はこっちの番、覚悟する悪い人間さん」

さらにメイスを構える女の子に、また炎を吐いた。

この程度って言われたから、今度は火炎の息2を。さっきよりも、ワンランク上のスキル。

炎が女の子を包む。

「この程度なら――ってあつ！　あつつつ！」

炎に包まれて、転がり回る女の子。

しばらくして炎が消えて、女の子は地面に倒れて、気絶していた。

そいつに近づいて、上から見下ろす。

炎で半分くらい焼けたマントとフード、その隙間から白いものが見える。

フードを摘まんで、それを見ようとすると、そこから一枚の紙が落ちてきた。

ギルドのすかしが入った紙だ。ギルドの人間なのか？

そんな事を思っていると、違うものが目に飛び込んできた。

フードからなにか白い物が出ている。なんだろうとおもってフードを取る。

「……耳」

言葉が口をついて出た。

それは白い耳だった、小柄の可愛らしい女の子がいて、頭のてっぺんに白い耳が生えている。

アクセサリーじゃない、完全に頭から生えている。

「……ウサギ？」

それは可愛らしい、だっこして頭とウサミミをなでなでしたくなるような小柄な美少女だった。

☆

気を失った女の子を担いで、ゴルドンの街、ギルドにやってきた。

アネットは女の子をみて、「ああ」と声を上げた。

「ごめんごめん、すっかり忘れてた」

「忘れてた？」

「あんたらに頼む前にもこの子に盗賊団討伐の話をしてたんだ。何しろ城を占拠してるのが傭兵崩れだからね、腕利きに一人でも多く行ってもらった方がいいと思ったのさ」

「なるほど」

「あの後この子はギルドに来てないから、終わったのを知らせてなかったよ。悪かったねえ」

「いや、別に構わない。ただの行き違いだしな」

「そう言ってくれると助かるよ。しかし、よくこの子を倒せたねえ。この子ね、種族のせいでこんな可愛く見えるけど、結構修行を積んでレベルが20超えてる実力者でね。個人ならうちのギルドでも三本の指に入るんだよ」

「へえ」

すごいな、と思った。

おれがはっきりと数字を知ってる人間の事を思い浮かべる。

クレアが3、シャーロットが7。母さんが6でブラムが15。それと名前も覚えてないけど荷馬車を護衛したときに突っかかってきたヤツが16。

つまり、今までにあってきた中で一番レベルが高いって事だ。

そしてそれが、ギルドで三本の指にはいるという。

「ちなみに、レベル25だと何位なんだ？」

「うん？　25ならうちで最高だけど、それがどうしたんだ？」

いつの間にかおれが最高になってたらしい。

「まさか……」

アネットはそれに気づいたらしい。

顔が死ぬほどビックリしてる。

「その若さで25？　ありえない……でも……」

アネットはおれとウサミミの女の子を交互に見比べた。

倒したという事実がある以上、信じられないけど信じざるを得ない、という顔だ。

「あなた……何者なの？」

その驚きは結構気持ちいいものだった。

# 15　レベル24～ご注文はウサギでした。

「げほっ！　げほげほ！」

朝起きたら体の調子がおかしかった。

頭がズキズキして、咳が止まらない、油断したら鼻水がだらーって垂れてくる。

何かで測るまでもなく、自分ではっきりとわかるくらい熱が出てる。

ダイセージの館、新居一日目。

早速体調不良でダウンしたおれは、部屋の広さも相まってちょっと切ない気分になっていた。

一人暮らしの病気ほど切ないものはない。おれは久しぶりに、転生前の気分を思い出していた。

「カルスくん、おはよー」

「おはようございます、センパイ！」

家の外からクレアとシャーロットの声が聞こえる。

朝だから起こしに来たんだ。

「おはよう……」

返事してみたけど、ビックリするくらい声が出なかった。

もう一回返事してみた。やっぱり声がかすれてほとんど出てない。

「カルスくん？　お邪魔するね？」

「お邪魔します！」

二人が一言断ってからおれの家にあがってきた。

「あっ、おはようございます！　センパイ！」

「おきてたんだカルスくん」

「ああ、おはよう……」

「えっ？　カルスくんその声どうした？　まさか風邪？」

「そうみたいだ……」

声が出なくて、喋るのもちょっとしんどい。

「うそ、ちょっと見せて――熱っ」

おでこをくっつけて熱を測ってきたクレア。

「どうして？　昨夜までなんともなかったのに」

どうしてなんだろうな。

「そういえば！　クレアセンパイも昨日ちょっと熱っぽいっていってましたけど！　クレアセンパイの方はもう大丈夫ですか？」

「あっ」

なに？

だるい体にむち打って、クレアの方に目を向ける。

クレアはやっちゃった、っていう顔をしてる。

まさか……原因はお前か。

「わ、わたしは大丈夫だよ」

「それは良かったです！　じゃあわたし風邪によく効く薬草知ってるので取ってきます！　センパイの一人分でいいですね！」

といって、いつものようにパシろうとするシャーロット。

「待て……ゴホゴホ、それより……ゴホッ！　ウィルフ様の所に……」

肘をついて、起き上がろうとした。

「えええ？　ダメだよカルスくん。休んでなきゃ」

「そうですよセンパイ！」

「いや……行く」

二人の制止を振り切って、おれはふらふら立ち上がった。

じいさんの所に行きたかった。

出席するだけでレベルアップする。

今日休んでも明日行けばいいだけだけど、なんとなくもったいない気分になる。

これまで綺麗に毎日レベル1ずつ上がってきたのに、ここで途切れるのはもったいない。

「でも、すごい熱だよ？」

「大丈夫だ……行くだけから」

そう、行って出席とってもらうだけだから。

「そうなの？」

頷いて、クレアをまっすぐ見つめる。

「……わかった」

「それじゃ、センパイはわたしが負ぶっていきます！」

「シャーロットが？」

「はい！　お願いしますセンパイ、負ぶらせて下さい！」

まっすぐ見つめてくるシャーロット。

その熱意に押されて、おれは負ぶってもらうことにした。

そうしてじいさんの所に行って、出席だけして、そのまま机に突っ伏して寝た。

ちゃんとレベルアップした。

☆

じいさんの授業が終わって、クレアとシャーロットと一緒に城に戻る。

「帰ったらちゃんと休んでねカルスくん」

クレアが心配そうに言う。

じいさんの所にいるときもずっと心配そうな顔でおれをみていた。

「そうさせてもらう……」

これ以上心配掛けるのもなんだし、今日はもう休む事にした。

ますます熱が出てきた。

頭がぼうっとする。

「センパイ大丈夫ですか？　やっぱり帰りもわたしが負ぶった方が」

心配そうに言うシャーロット。声もいつもの熱さがない。

「大丈夫だ」

「ですが――」

「それよりも風邪にきく薬草を採って来てくれ」

「はい！　後で採ってきます！」

「……今行ってくれ、早く飲みたい」

「えっと……」

シャーロットがおれをみる。迷ってる。このままおれを放って行っていいのか迷ってるみたいだ。

「シャロちゃん。ここはわたしに任せて」

「わかりました！　行ってきます！」

シャーロットは全力で駆け出した。

彼女の姿が見えなくなってから、クレアがいった。

「カルスくん、優しいね。シャロちゃんにうつさないようにわざと遠ざけたんでしょ」

……。

……。

そんな事ないぞ。

「あいつは風邪引かないタイプだろ」

ちょっと考えて違う事を言った。

「それはちょっとひどいかな。シャロちゃんもきっと風邪は引くよ」

「お前は引いてもむしゃむしゃでなおりそう」

「あっ、それはなおるよ」

なおるのかよ！　適当にいったのに。

「昨日の熱も、むしゃむしゃいっぱいしたらなおったし」

確認済みか。

というか毛虫のむしゃむしゃも結構便利なんだな、傷を治すだけじゃなくて風邪も治せるなんて。

覚えたら便利かもな。

……いややっぱ葉っぱむしゃむしゃはいやだ。

クレアと一緒に歩く。

更に頭がぼんやりしてきた。

「カルスくん、本当に大丈夫？」

「クレアとシャーロットの家をちゃんとしたものにしたいな」

「えっ？　何言ってるのカルスくん。ちょっとカルスくん」

「お前達のレベルをどんどんあげて、もっといろんなことしたい」

「カルスくん？　もうちょっとでお城に着くから頑張って」

頭がぼうっとする、体がふわふわする。

自分がどこにいるのか、何をしてるのかわからなくなってきた。

だるい、眠い。

暖かくして寝たい。

「ついたよカルスくん、さあ早く家に――あれ？　誰かいる」

「カルス・ブレット」

歩く。

目の前に白いウサギが見えた。

「あなたはだれ？」

「名乗るほどのものじゃない。それよりも……人間さんに一騎打ちを申し込む」

「えええ？　ちょっとまって、カルスくんは今大変なの」

白いウサギは可愛い、ふかふかしてる。

アレを抱いて寝たら、気持ちいいんだろうな。

「覚悟」

ウサギが飛んだ。このままじゃ逃げられる。

捕まえなきゃ、捕まえてふかふかしたい。

えっと、どうすればいいんだ？　ウサギを捕まえるためにはどうしたらいいんだ？

焼いちゃだめ、凍ったらふかふかできない、吹き飛ばしたら論外。

……そうだ。

「ぐおおおおお！」

龍の咆哮。

大地が揺らぐほどの咆哮。

「ひゃうん！」

悲鳴が聞こえた。可愛らしい悲鳴。

ウサギってこんな悲鳴するんだな。うん、かわいい。

「なに、これ」

動けないウサギに近づく。

手足は動かない、白い耳だけぴょこぴょこしてる。うん、かわいい。

「動いて、わたしの体」

近づいていって、ウサギを抱き上げた。

温かくて、柔らかい。

予想よりもかなり柔らかい、それにいいにおい。

草とお日様のいいにおいがする。さすがウサギ。うん、かわいい。

「なにをするの!?」

「ちょ、か、カルスくん?」

「寝る」

「え?」

「えええええ」

おれはウサギを抱いて、自分の部屋に戻った。

ベッドの上に倒れて、ほおずりしながら眠る。

ウサギはふかふかして、気持ち良かった。

☆

起きたら夜になってた。

目を開ける、おれの新しい部屋だ。

たしかじいさんの所に行ってたはずなんだけど……いつの間に戻ってきたんだろ。

……風邪だったし、悪化して記憶が飛んだのか？

ってことはクレアとシャーロットに迷惑を掛けたかもしれない。後でお礼を言わないと。

そう思っていると、違和感に気づく。

なんか腕の中がふかふかしてる。

どうしたのかと思って見てみると――そこにウサミミがあった。

「うわっ！」

「やっとおきた」

寡黙な調子で呆れたように話す。

ウサミミは昨日のあの子だった。

「なんでお前がここに？」

「何も覚えてないの？」

頷いた。何も覚えてない。

「ひどかった。すごくひどかった」

「え？」

「ずっと抱き枕にされた」

ウサミミはぶすっとした。

「えっと……」

必死に記憶をたどる。するとなんとなく、ウサギがいたから捕まえて抱き枕にした、という記憶がよみがえった。

それがこの子か。確かにウサギだけど……風邪って怖いな。

「なんかごめん。ていうかなんで逃げなかったんだ。おれ風邪引いてたし、いつでも逃げられただろ？」

彼女の武器、あのでっかいメイスを思い出す。抜け出すのは難しくないと思った。

「動けるようになる度に耳元で怒鳴られた。だからあきらめた」

えっと……ああ、龍の咆哮を使い続けたんだ、おれ。

効果が切れる度にやったんだな。

「なんかごめん」

それは本当に悪いと思ったから、もう一回謝った。

「そういえばなんか言ってたっけ。さっき会ったとき。そもそもここに来た用事は？」

「もうすんだ」

「すんだ？」

「果たし合いにきた。でも病人に完敗した。だから用はすんだ」

「な、なるほど」

「二回も負けた、あなたはすごい人」

物静かにいわれる。

「だからお願いがある」

「なんだ？」

「わたしを飼って」

「飼うって、飼育の方の飼うなのか？」

「そう」

頷くウサミミ。

なんか表現がおかしいけど、今までの彼女をみてると何となく不思議ちゃんっぽい雰囲気がするから、きっと、仲間にしてほしいって事なんだろう。

勝負を挑んで、負けたから、仲間にして。

うん、そうするとしっくりくる。

それで考える。

レベル20超えのウサミミ美少女。

それが仲間にしてって言ってるんだ、断る理由はない。

「いいぞ」

「ありがとう」

お礼を言われた。

可愛かったから、もうちょっと抱き枕にした。

☆

次の日の朝、起きたらウサミミがいなかった。

外に出ると、クレアとシャーロットが困ってる顔をした。

二人の視線を追った、おれも驚いた。

そこにいつの間にかウサギ小屋ができてて、その中でウサミミ少女が体を丸めて寝ていた。

確かにこれは困る、困るけど。

「可愛いからいっか」

おれはそう思った。
こうして、ウサギが仲間になった。

# 16　レベル25～草食系女子

「はい、カルスくんのお弁当」

朝、表に出ると待ってたクレアが布の包みを渡してくれた。

すっかりなじみになったクレアの手作り弁当。今日もありがたく戴くことにする。

「こっちはシャロちゃんの」

「わたしもですか！」

「うん、シャロちゃんの口に合えばいいんだけど」

「ありがとうございます！」

シャーロットがいつも以上に熱くお礼を言って、ワクワクした目で弁当箱を見つめた。

センパイから弁当を用意してもらえて相当嬉しいみたいだ。

「じゃあ、行きましょう。今日も頑張ってお勉強しよう」

「はい!!!」

「それはいいんだけど……クレアの分は？」

「え？」

歩き出しかけたクレアが立ち止まる。

「自分の弁当は用意してないのか？」

「わたしのは――」

クレアはポケットに手をいれて、そのままの姿勢で固まった。

額から汗がだらだら出る。みていて切なくなるほどの汗だ。

「ま、まままま待って、ちょっと待ってて」

クレアが自分の家。城主の館の横に仮設で建てた木の家に飛び込んだ。

「葉っぱだな」

「葉っぱですね……」

おれとシャーロットが頷きあった。きっとポケットにむしゃむしゃ用の葉っぱがあって、条件反射的にそれに手を伸ばしたんだろう。

もういい加減認めてもいいのに、と思った。

しばらく待ってると、クレアが出てきた。

おれたちに渡したのと同じように、四角い箱を布で包んだものだ。

「お、お待たせ」

息を切らすクレア。

微妙に時間がかかったことから急いで作ったんだろうな、というのはわかるがそこは突っ込まないことにした。

改めて、三人で古城を出て、村に向かう。

出てすぐに、背後からついてくる足音が聞こえた。

立ち止まり、振り向く。

でっかいメイスを引きずったウサミミ少女がついてきていた。

「どうしたんだ？」

「一緒に行く」

「一緒に？」

「うん、人間さんと一緒に行く」

物静かな口調、だけど意志の固い口調。

「一緒にっていっても、勉強しに行くだけだぞ」

「一緒に行く」

「そうか」

ウサミミ少女を加えて、更に歩き出す。

「そういえば、お前の名前は？」

「イヴ・ディペンス」

「そうか。おれはカルス・ブレット」

「クレア・アーネルだよ」

「シャーロット・エイダ・マーガレットって言います！」

全員が順番に名乗った。

「カルス、クレア、シャーロット。人間さんの名前、覚えた」

うなずくイヴ。やっぱりちょっと独特な喋り方をするみたいだ。

☆

レベル25になった今日の授業は午前中で終わった。

授業そのものはじいさんの気分とボケ次第で延びたり早く終わったりするが、今日は早めの終了になった。

丁度昼飯の時間だったから、おれらはクレアが作ってくれた弁当を開いた。

おれのものは相変わらず茶色いばかりで、シャーロットのは結構バランス良く作られてる。

クレア自身のがシンプルなおにぎりなのは——やっぱり急いで作ったからだろうな。

「お待たせしました！　センパイ！」

自主的な飲み物パシリから帰って来たシャーロットを加えて、全員でいただきますをしようとしたその時。

「あっ」

おれはある事に気づいた。

弁当が三つ。しかしここにいるのは四人。

普段の三人と、教室に入ってから隅っこで、ウサギ座りでじっとしていたイヴ。

イヴの分だけないのだ。

クレアもシャーロットもおれの視線に気づく。

「そっか、イヴちゃんの分がないんだ」

「おれの食べるか？」

イヴはおれの弁当の中をじっと見てから、いった。

「人間さんのは、緑が少なすぎる……美味しいけど」

と、ちょっと困った顔で言った。

ウサギだからか。

そうなるとシャーロットのも難しいな。バランス良く作られてるって事は、肉も野菜もあるということだ。

多分もっと野菜、って感じなのがいいんだろうな。

「じゃあ、わたしのを食べて」

クレアは自分のおにぎりを差し出した。

「具がないから、大丈夫だよ」

……やっぱり急いで作ったんだな。

「いいの？」

「うん」

こうしておれたちは昼飯を食べた。

おれとシャーロットは自分の分の弁当を、クレアとイヴは塩おにぎりを分け合って食べてる。

「そういえばアネットから聞いたんだけど、お前、レベル20いってるんだってな」

「ええええええ？」

「そうなの？」

知らなかったクレアとシャーロットが盛大に驚いた。

「本当」

「内訳は？」

「吟遊詩人13と、レストラン7」

「そうか……ってはい？」

確かに足すと20……となったけど、後ろの方の職業に耳を疑った。

クレアもシャーロットも同じように驚いてる。

「レストラン？」

「レストラン」

物静かに頷くイヴ。

それ、職業なのか？

ドラゴンとか毛虫とかあるけど、レストランはそれ以上の意味不明さだった。

「その職業は何ができるんだ？」

「こう」

イヴは手のひらを上向きにして出した。

ぼわあと光って、そこにケーキが現われた。

「食べ物を作れるのか？」

「ちょっと違う。食べた事のあるものの、再現」

「へえ」

「レベル次第で、味が変わる。レベル7は食べた味の7割の美味さで再現」

「レベル10で完璧に再現できるってことか」

イヴが頷く。

「すごいです！　それを極めれば好きなものをいつでも食べられるって事ですね」

「食べられる、けど」

「作る方が力使うから、つくって食べると結局お腹がへる」

「けど？」

「なるほどな」

「でも美味しいのを食べられるんですよね！　すごいですそれ！」

シャーロットが熱く語った。

一度食べた事のある料理を味そのままで再現できるスキルか。すごいな。

「ねえイヴちゃん、イヴちゃんが今まで食べて一番美味しかったものって何？」

クレアが聞いた。おれも丁度それが気になったところだ。

イヴは少し考えて、また手のひらを出して、スキルで生成した。

手のひらが淡く光った後、そこに現われたのは草だった。

青々しい牧草だ。

「これが一番、美味しかった」

「どれどれ？」

クレアは牧草を手に取って、そのまま口に入れた。

ものすごく自然に、当たり前のように。

むしゃむしゃして、イヴにいった。

「すごい、確かに美味しい。これどこのなの？」

「ローランドに生えてた、春先のもの」

「そっか。でもこれで7割なんだよね」

「そう、本物はもっと美味しい」

「一度本物を食べてみたいな」

ごくごく普通の事のように盛り上がるクレアとイヴ。

女の子が盛り上がる――のはいいけど、その内容が草のもしゃもしゃだ。

春先の草は美味しいのか……もうそこまで見も心も毛虫か。

ちょっと面白――いやなんでもない。

顔に出そうだったから目をそらすと、シャーロットと目があった。

シャーロットはちょっと切なそうな表情をしてる。うん、それもわかる。

しばらくしてから、クレアは自分がしたことの意味にきづいた。

おれたちを向いて、慌てて弁明をはじめる。

「ちがうの！　これはちがうの！」

「うん、ちがうよな」

「はい、わかってます！」

「ちがうのよおお！　ねえ聞いて、これはね」

「うん、わかってるから」

「大丈夫ですよクレアセンパイ！」

「ちがうのおお」

涙目になるクレア。

そのクレアに、イヴがそっと近づき、ぎゅっと服の裾を摑んだ。

上目遣いで、別の草を生成する。

「人間さん、こっちも。二番目に美味しかったヤツ」

「うっ」

「人間さん？」

首をかしげるイヴ。どうしたの？　って顔だ。

「さてシャーロット、おれらは食後の散歩にでも行くか」

「お供します！　センパイ！」

さすがにかわいそうなので、ここはとりあえず席を外すことにした。

「なんか懐きましたね！」

「ウサギが毛虫に懐いたな」

自分で言ってて何がなんだかだったけど、微笑ましいからそれでいいかな、と思った。

# 17　レベル26～皆勤賞

昼飯が終わった後、一人でゴルドンの街、ギルドにきた。

「カルス！　いいところにきた」

中に入ると、アネットが救いの神を見つけた様な顔をした。

「どうした」

「人助けを頼まれてくれないか。もちろん報酬は出す」

「詳しく話してくれ」

「この街の北に古代遺跡があるのは知ってるだろ？」

いや知らないけど。

突っ込もうとしたけど、結構切羽詰まってる感じがしたから突っ込むのをやめておいた。

「そこがどうしたんだ？」

「調べ尽くされたと思ってた遺跡に下の階があるって発覚したんだ。それで調査のために探検隊を送り込んだんだけど……戻ってこないんだ」

「ああ」

話はわかった。

「そいつらを助けにいってほしいって事なんだな」

「そう」

「わかった」

☆

クレア、シャーロット、イヴ。

三人と合流して、古代遺跡に来た。

ゴルドンから半日くらいかかるところで、ついた時はもうすっかり夜になってた。

「地下三階だよねカルスくん」

「ああ、二階まではもう探検し尽くされてて、こんな風に地図もあるらしい」

アネットからもらった地図を見せる。

地下一階と二階の詳細が描かれてて、そこに新しい下に続く道が描かれてる。

「どうして戻らないんでしょ」

シャーロットが聞く。

「それをこれから調べるんだ」

言って、三人を見回す。

「行くぞ」

「うん」

「はい！」

「いつでも」

それぞれ答えてくれた。

用意してきたたいまつに火をつけて、中に入る。

地下一階と二階は特に問題はなかった。コウモリのようなモンスター一匹と遭遇したくらいで、
そいつはクレアとシャーロットが力を合わせて倒した。

そして地下三階へ足を踏み入れる。

「むっ」

瞬間、何かが変わったと感じた。

たとえるなら寒気。暖かい部屋から冬の屋外に出たときのような寒気。

それが体を襲う。

「カルスくん……」

「センパイ！」

二人がおれの名を呼んだ。同じように感じてるみたいだ。

「気を引き締めていこう」

全員でうなずき合う。

歩き出すと、いきなり遭遇した。

アリのような生き物だ、ただしサイズは小型犬くらいある。

それが五匹固まって、こっちに向かってくる。

「カルスくん！　ここは任せて」

「なに？」

「地下でセンパイのドラゴンを使われると危険です！」

クレアとシャーロットは次々にそう言って、ロングソードを抜いて斬りかかっていった。イヴも無言でメイスを抜いて飛びかかっていった。

確かに、ここででっかい攻撃スキルを使ったら崩落するかもしれない。

抑えがきけばいいんだが、手加減するのは苦手だ。

仕方ないからニンジャのスキル、手裏剣をどんどん作り出してどんどん投げた。

でっかいアリをイヴが一人で三匹たたきつぶして、クレアとシャーロットはおれのフォローで二匹倒した。

二人ともかすり傷を負った。クレアは持ってきた葉っぱをむしゃむしゃして体力回復した。

「人間さん、ここはわたしに任せる」

イヴが言ってきた。

「狭いところと、穴の中は得意」

ウサギだからな。

「人間さんの、役に立つよ？」

ちょこん、と小首を傾げてきた。

ちょっと可愛い、でっかいメイスを持ってるところも含めて。

「わかった、任せる」

「うん」

イヴのワントップにして、遺跡の地下三階の捜索を再開した。

アリの他に同じくらいにでっかいクモも出てきたけど、それも倒して先に進む。

一応ニンジャスキルでフォローしてるけど、正直あまり必要性を感じない。

というか……いまこの中でおれが一番足手まといか？

スキルの大半が範囲のでっかいもので使えない、まともにつかえるのは手裏剣くらい。

それでいて今まではスキルに頼ってきたから、それじゃないと何をしていいのかもわからない。

レベルは低いけど、クレアの方がまだ普段から戦ってるからおれより活躍してるくらいだ。

「センパイ！」

シャーロットが何かを見つけて、全速力で駆けていった。

小走りで追いかける。シャーロットがしゃがんだ地面に血の跡がある。

それが道しるべのように続いている。

「血がまだ真新しいです！」

「ああ、行こう」

血の跡を追いかけていく。

しばらく歩いて、くねくねと回った後、急に開けた場所に出た。

さっきまで洞窟だったのが、いきなりドーム球場みたいなところだ。

その奥に人の姿が見えた。全員が倒れている。

アネットから教えてもらった服装の特徴と一致してる。

「大丈夫ですか！」

シャーロットがまたも一番手でダッシュしていった。その後にクレア、イヴが続いて、おれが最後を歩く。

「センパイ！　みんな生きてます！」

「よし、なら連れてさっさと外に出よう」

息のあるそいつらを担ぎ上げようとすると、すぐそばに宝箱がある事に気づいた。

なんだろうなと思って開く。中にはぼろぼろになった蝶々の翅《はね》の様なものが入ってた。

意味不明だけど、宝箱に入ってるって事はなんかのアイテムなんだろうか？

とりあえずそれをポケットにしまって、生存者を担ぎあげた。

「人間さん、待って」

外に向かおうとすると、イヴが呼び止めた。

「どうした」

「あれ」

指を差した方向をみる。

入ってきて入り口近くに穴があって、そこからアリが次々と出てきた。

一匹、五匹、十匹……いっぱい。

どうひかえめに見積もっても百は超えてるし、その上増え続けてる。

「さすがに、多すぎる」

イヴが言う。メイス主体のイヴは敵が増えると一気につらくなる。

が。

「この人を頼む」

担いだ生存者をイヴに任せて、前に進み出た。

開けた空間、大量のモンスター。

おれ向きの条件だ。

ドラゴンレベル15、真・火炎の息。

アリどもをまとめて焼き尽くして、今までたまった鬱憤《うっぷん》を晴らした。

☆

細い道で時間を掛けて地上にでて、生存者をゴルドンに運んで、ギルドでアネットに報告する。

もろもろ片付いた頃には、翌日の夕方になっていた。

「疲れた……」

「はい！　疲れました！」

まったく疲れていないような元気なシャーロット。こいつはおれがアネットに話してる時にショートスリープして回復してる。

「今日はもう帰ろっか」

クレアが提案する。シャーロットとイヴが同意する。

「みんなは先に帰ってくれ、おれは寄るところがあるから」

「どこに行くのカルスくん」

「じ――ウィルフ様の所」

盛大に驚くみんなと別れて、村にやってきて、じいさんの家に入った。

「おお、どなた様ですかいの」

「カルスです。すみません、遅くなりまして」

「おお、おおぉ」

ぷるぷる震えるじいさん。

おれがここにやってきたのは……もちろん出席のため。

じいさんを上手く誘導して、出席をとってもらった。

出席するだけでレベルアップ、そのためにきたのだ。


——円陣術士に転職しますか？


頭の中に文字が浮かび上がってきて、ちょっとビックリした。

ポケットの中が光り出した。

光ってるものを取り出す、さっき宝箱の中で見つけたぼろぼろの蝶々の翅だ。

ドラゴンの時と似ている。

「そういうことか」

翅を持って、念じる。

――円陣術士　レベル１になりました

おれは、三つ目の職業を覚えた。

# 18　レベル33〜カルスの領域

次の日、じいさんの所に出席して、円陣術士がレベル2になった。
覚えたスキルはレベル1で「月のユリカゴ」、レベル2で「幻影のルリ」だった。
いつものように使い方は何となくわかるから、使ってみた。
まずは「月のユリカゴ」を、城の館前で使ってみる。
すると、おれが立ってる所を中心に、半径五メートルくらいのドームができた。
赤い光を放つドーム。
今度は「幻影のルリ」を使ってみた。
ユリカゴと同じように、半径五メートルの、白い光のドームができた。
両方同時に使うと、赤と白が交互に光るドームになる。
ふむ。で、これはどういう効果があるんだ？
「カルスくん、それなに？」
城の外から帰ってきたクレアが聞いてきた。

「新しい職業で覚えたスキルだ」

「また転職したんだ、カルスくん」

「驚かないのか」

この時点でレベル27になってるんだが。

「カルスくんのそれにはもう驚かないよ。カルスくんだし」

「それはそれでつまらないけど。まあいちいち驚かれるよりはマシか」

「それで、これはどういう効果なの？」

「それはおれも気になってたところだ」

「入ってもいい？」

「入れるかな」

「入ってみる」

クレアはそういって、おそるおそるドームの中に入ってきた。

するっと入ってきた。

「何も起こらないな」

「そうみたい。あっでも、なんか体が軽い」

「体が軽い？」

「うん、それに力も強くなった気がする」

クレアは自分のロングソードをビュンビュンと振ってみた。

たしかに、いつもより鋭い気がする。

このスキルって、効果範囲の中で味方の能力を上げるものなのか？

「ちょっと試しに行ってくるか」

「そうだね」

☆

村はずれの洞窟にクレアと一緒に入った。

クレアと一緒なら、ここが一番テストに向いてる。

さっそく、ピリングスと出会う。

「おれが円陣を張る、クレアが攻撃してみてくれ。それと円陣から出ない様に」

「わかった」

まずは「月のユリカゴ」からだ。

洞窟の中に赤い光のテリトリーが発生する。

ピリングスが中に入ってきて、クレアが迎撃した。

「おお！」

「すごい、一撃でたおせちゃった」

「今までそんな事なかったよな」

「うん、わたし一人じゃ苦戦してた」

「つまりこの赤いのは攻撃力上昇なのか」

「そうみたい……あっ、次のが来た」

「じゃあ今度はこっちだ」

前のをしまって、「幻影のルリ」を出す。

白いテリトリーが出現する。

今度は一撃で倒せなかった。

でもクレアの速度が見るからに上がった。

クレアはスピードでピリングスを翻弄し、珍しく無傷で倒せた。

「すごい、わたしの動きじゃないみたい」

「この白いのはスピード上昇か」

「そうみたいだね。ねえカルスくん、他にはないの？」

「明日また確認しよう」

「わかった」

☆

円陣術士のスキルは七つまであった。


レベル1、月のユリカゴ。

レベル2、幻影のルリ。

レベル3、針子のネネ。

レベル4、賢人コハク。

レベル5、螺旋のアオバ。

レベル6、閃光のアキハ。

レベル7、大君のサクラ。

レベル8になると月のユリカゴ2を覚えて、円陣の半径がちょっと大きくなった。


今までの経験で多分ここからエンドレスだろう。

クレアと色々ためして、ある程度の効果も判明した。

「針子のネネ」はピンク色のドームで、モンスターが入ってきた途端ものすごく動きが鈍くなった。

「螺旋のアオバ」は緑色のドームで、防御力が上がる。

「閃光のアキハ」は青色のドームで、モンスターの防御力が下がる。

「大君のサクラ」は黒のドームで、中にいると体力が回復……クレアのむしゃむしゃレベルで体力が徐々に回復する。

「賢人コハク」だけわからなかったけど、それをじいさんに聞いてみると。

「魔法攻撃力が上がるのじゃ」

と言われた。

クレアは魔法使えないから、それはわからなかった。

まあこれで全部わかった。

つまり円陣術士のスキルはドームを張って、自分を含む味方にバフ、敵にデバフをかけるものだ。

スキルレベルが上がると効果範囲のドームがちょっと大きくなる。

どれくらい大きくなるのか、今から楽しみだ。

余談だが、この七日間でクレアのレベルが一つ上がって、人生レベル4、毛虫レベル3になった。

成人の儀式から約一ヶ月でレベル4に上がったのは世界を見渡しても上位5%の速さらしくて、クレアは村のみんなにすごいすごい言われた。

「カルスくんのおかげだよ」

クレアはおれにこう言った。

まあ、そうかもしれないな。

## 19　レベル34～クレアの無双？　カルスの無双？

「カルスくん！」

部屋で休んでるとクレアが大声でおれを呼んだ。

外に出ると、彼女が城の入り口に立ってロングソードを抜いていた。

「どうした」

「あれ！」

「うん？　ああまた百鬼夜行か」

外を見たら状況がわかった。

遠くからモンスターの大群がこっちに近づいてくるのが見えた。

どういう理由かわからないけど、定期的にこの城に向かってモンスターが大量にやってくる。

いつだったかおれがまとめて倒したように、ここを占拠しに来る。

それをおれは百鬼夜行ってよんでる。

「あんなにいっぱい……カルスくんお願い」

「人間さん」

後ろを振り向く。イヴがウサギ小屋から顔を出してる。

彼女のために作ったウサギ小屋だ。

「わたし、いる？」

ちょっと考えて、首を振った。

「大丈夫だ」

「わかった」

イヴは引っ込んだ。

「そうだよね、開けた場所だし、カルスくんがいれば大丈夫だよね」

「それはそうだけど、うーん、せっかくだし、全部クレアが倒してみるか？」

「ええぇ、わたしが？　無理無理無理無理、あんなにいっぱいいるのに無理だよ」

「まあ普通は無理だけど」

おれはスキルを使った。

円陣術士レベル９。

月のユリカゴと幻影のルリが２で、他のは全部１。

すると、七色のイルミネーションみたいなドームが城の入り口にできた。

「こうすれば大丈夫だろ」

「そうかな」

「やってみろよ。危ないときはおれが助けるから」

「わかった」

クレアは気合を入れて、ロングソードを構えた。

モンスターがドームのテリトリーに入る。

針子のネネの効果で遅くなったのを、クレアがきりかかっていく。

防御力を下げて、攻撃力を上げた。

モンスターは一撃で倒された。

「すごい！」

「ほら、次来る」

「うん！」

次々にやってきたモンスターをクレアに倒させた。

おれはそこに立って、ドームを維持した。

今のところ、うちで一番レベルが低いのがクレアだ。

おれのレベルは34で、イヴが20、シャーロットが7で、クレアが4。

イヴはそれなりに上がってるからいいけど、シャーロットもクレアも低い。

それを上げたい。二人とも年の割には上がってる方って言われてるけど、もっと上げたい。

おれ自身は出席すれば上がるけど、他のみんなはこうしてモンスターを倒したり修行したりしないとだめだから、結構難しい。

でも、上げてやりたい。

「ふう、何とかなった」

そんな事を考えてる内に、クレアはモンスターを一掃した。

百体以上はいるモンスターを一人でやった。

「やるな」

「ううん、全然だめだよ。だってカルスくんなら一撃で倒せてたでしょ？」

「まあ、ドラゴンのスキルを使えば一撃だろうな」

「わたしももっと頑張らないと」

クレアはそう言いながら、葉っぱをむしゃむしゃした。

大君のサクラで体力を徐々に回復させてて、攻撃は受けたけどもうなおってる。

でもクレアは葉っぱをむしゃむしゃする。

葉っぱが好き（もう断定）なのもあるけど、くせになってるんだろうな。

しばらくそこで世間話して、さてまた部屋に戻ってのんびりするかな、と思っていると。

「カルスくん、また何か来たよ？」

「うん？　あれは……人間か？」

「なんか柄が悪そう」

ちょっと怯えて言うクレア。

姿を現わしたのは盗賊っぽい連中で、数は二十くらい。

それがこっちに向かってくる。

城の入り口に足を止めて、男たちが言ってきた。

「おいガキども、今すぐここを出てけ」

「今日からここはおれたち鷲の目団が使うからよ」

退去を迫られた。クレアが突っぱねる。

「こ、ここはわたしたちの家です」

「家だぁ？」

男達が一斉に笑い出した。

「おままごとは家に帰ってやりな」

「だ、だからここが家」

「クレア」

「カルスくん？」

「こういうのに何を言っても無駄だ」

「でも……」

「こういう時はな」

おれは七色のドームを張った。

「さっさと追い返すに限る」

言うと、クレアは驚いた。

多分、二重の意味で。

盗賊団と戦うのと、ドームを出したから、自分が戦うのと。

二つの意味で驚いてるんだろう。

「人間さん」

イヴがまたウサギ小屋から出た。今度はさっきより危機感を感じたのか、メイスを持ってる。

「てつだい、いる?」

「一緒に応援しようぜ」

「応援、だけ?」

「ああ。フレー、フレー、ク・レ・ア。こんな感じで」

「わかった」

物静かに頷く。

「ふれー、ふれー、に・ん・げ・ん・さ・ん」

おれのまねをしてクレアを応援した。

でっかいメイスをまるで応援団の旗のように振り回しながら。

「ってことで、頑張れクレア。ダメだったらおれとイヴがいるから」

「いるから」

言い切るおれ、物静かにリピートするイヴ。

「うん、やってみる」

それで勇気づけられたクレアが盗賊どもにむきなおる。

盗賊どもは全員怒り顔をしてた。

こっちのやりとりで見下されたと感じたのだろう。

「ガキだから穏便に済まそうとしたけど」

「こうなったらもう容赦しねえ」

「かかれ！」

盗賊が襲いかかってきた。

二十人近い盗賊はドームに入るなり、動きが一気にのろくなった。

そうして驚いた連中を、クレアが一人で倒していく。

モンスター相手よりちょっと手こずったが、それでも一人で倒せたのだった。

# 20　レベル35～出場要請

「センパイ！　飲み物買ってきました！」

「おう」

じいさんの授業の後、シャーロットが自発的なパシリで持ってきた飲み物を飲みながら、教室の中でまったりしていた。

じいさんから授業を受けてるおれたち三人、部屋の隅っこでウサギ眠りしているイヴ。

この四人の組み合わせも段々慣れてきた。

「この味にも慣れてきたな。今日のはちょっとぬるいみたいだけど？」

「はい！　気温にあわせてちょっと調整しました」

「調整？　そんな事もできるのか。どうやってた？」

「それは秘密です！」

いつもの熱い口調で答えるシャーロット。不思議なことに、はぐらかされたけどあまりはぐらかされたって気がしない。

むしろちょっと面白くて、「そっか秘密か」って気分になる。

「今日もいい天気だね、カルスくん」

「これからあの遺跡にいくって考えるとちょっと憂鬱だけどな」

「でも、それが仕事だから」

「仕事ですか？」

シャーロットが首をかしげる。

「ああ。アネットさんから受けてきた仕事で、あの遺跡の地下二階の地図をつくってほしいってさ」

「なるほど！　確かに地図は重要！　ちゃんとした地図があるのとないのとじゃ冒険者の安全度合いがまったく違いますから！」

「そういうものなのか」

「はい！　そしてそれは実力者にしか任せてもらえない仕事です！　地図がない所を最初に探検するのですから！」

「そりゃそうだ」

「人間さん、いつ行く？」

「もうちょっとまったりしてからにしよう」

なんというか、こうしてるのが心地いいんだよな。

同じ村にすむ女の子がいて、自発的にパシる後輩がいて、可愛い飼いウサギがいる。

それでいて、放課後。

いつまでもまったりしてたいシチュエーションだよな。

「……もう、今日はいくのやめるか」

「いいの？　カルスくん」

「一週間以内にやってくれって言われただけだから。あれだ、明日できる事は今日やるな、だ」

「それでいいのかな」

「いいと思います！」

シャーロットがいう。こいつはすっかりおれの腰巾着って感じで、おれの言うことなら全部聞くんだよな。

「うーん」

「ああ、もしモンスターが城にせめてきたときは戦うからな。レベル上げは毎日コツコツと」

「はい！」

「こつこつ、大事」

シャーロットとイヴが言う。

「うーん、うん、そうだね」

クレアはちょっと考えて、納得した。

またちょっと、まったりした。

ドアがノックされた。全員が一斉にドアを見る。

ドアを開けたのは知ってる顔。

この村で一番レベルが高い（高かった）ブラムって男だ。

「ああ、まだいたのか、よかった」

ブラムはほっとした顔ではいってきて、おれにいった。

「カルスくん、君にお願いがあるんだ」

「おれに？」

「そう。来月に、三年に一度の武闘大会が都で開かれる事を知ってるね」

知らない。

そんなのがあるんだ。

「国中から腕利きをあつめて開く大会ですよね！　村や町ごとに代表が出場するから、すっごい盛り上がる大会です！」

シャーロットが興奮気味に言った。そういうものなんだ。

「そう、それは前回まで、三回連続でおれが村を代表して出場したんだ」

まあ、この村で一番レベルが高いもんな。

「でも毎回負けてる、しかも予選で。国中からやってくる猛者《もさ》達が強いこと強いこと」

「そうなんだ」

ふーん、と言いそうになるのをガマンした。

それがどうしたんだ？　なんでわざわざおれに言いに来たんだ？

「もしかして……」

クレアがブラムを見つめる。何かを察した顔だ。

「その通りだ」

「カルスくん！」

クレアが興奮した目でおれを見た。なんだっていうんだ。

「行こうよカルスくん！　村を代表して出られるなんてすごい事だよ」

「行くってどこに――え？　村を代表して？」

驚いてブラムを見る。ブラムは頷いた。

「そう、カルスくんに代わりに出てほしいんだ。村長にも話がついてる、カルスくんさえよければ、村の中での選抜試合なしで代表にしてくれるそうだ。まあ、もともとここ数回おれがそうだったから」

「ちょっと待ってください、なんでおれなんです」

「カルスくん、おれより強いんだろ？」

「うっ……」

確かにそうだった。

今のおれのレベルは35、そしてブラムは15だ。

レベルでも圧倒してるし、この前の盗賊団の時もブラムがやられたのをおれが追い返したくらいだ。

強さはおれの方が圧倒的に上だ。

そうか、それで頼んで来てるんだ。

話はわかった、わかったが……なんというか面倒臭い。

武闘大会なんて、面倒臭いだけじゃないか？

そもそもタイミングが悪い、まったりしてるところにそんな話を持ってこられても。

「たのむ！　カルスくん！　この村の代表になってくれ！」

ブラムは頭を下げた。

「カルスくん、やろうよ」

「センパイの勇姿！　国中の人に見せてあげましょう！」

ノリノリなクレア、いつも以上に熱くなってるシャーロット。

面倒臭い、非常に面倒臭いけど。

「この村の代表に相応《ふさわ》しいのはカルスくんなんだ、頼む！」

三人の熱意に結局おれは押し切られた。

引き受けると、ブラムは大喜びで「手続きは全部任せてくれ」といって、じいさんの家から飛び出していった。

武闘大会かぁ……。

「都、久しぶり」

ウサギ座りしたままのイヴがぼそっと言った。

……なるほど、都にいけるって考えたらいいのかもしれない。

こうして、おれたちは都に行くことになった。

# 21 レベル35〜スカウト合戦

「やられたねえ」

ブラムが帰った後、おれはゴルドンのギルドにやってきた。

武闘大会に出場するから、しばらく離れる事をいいに来た。

その話を聞いたアネットが悔しがった。

「やられた?」

「先を越されたって事さ。あたしもねえ、この町の代表としてあんたを推薦しようとしてたところなのさ」

「そうだったのか」

「何をそんなに不思議がるんだい? あんたは今やうちに登録してる連中の中で一番レベルが高い、いわばエースさ。そしてギルドは様々な腕利きを抱えてるから、そういう人間の推薦に一枚かむ」

「ああ」

言われてみると当たり前の事に聞こえる。

「出場者が武闘大会でいい成績をだせば村や町の名誉になる、ひいては推薦した人間の株があがるってもんだ」

「そういうものなのか」

「チャールズのハゲやろう。あたしが推薦したのにさっさと決めないからこういうことになるんだ」

アネットは相当悔しそうだった。

そして、おれをまじまじ見つめて、聞いてきた。

「ねえ、今からでも間に合うから、ゴルドンの代表を引き受けてくれないかい。まったくのスルーパスって訳にはいかなくて、町の予選で戦ってもらうことになるけど」

「わるい、もう引き受けたから……同じ人間が別々の所の代表になるってのは無理なのか」

「それは無理さね。国は、村とか町に一人ずつってことにして参加者を多く集めて、盛り上げたいのさ」

「なるほど」

「逆に穴場の所に引っ越して無理矢理代表になろうとする奴らがいるくらいだからねえ」

「そこまでやるのか！」

「優勝したら名誉と富。両方手に入るからね」

なるほど、そういうものか。

まあ確かに、武闘大会ってのはそういうものだよな。

「ちなみに聞くけど、もしおれじゃなかったら、ゴルドンの代表は誰になるんだ？」

「ダリルって男さ。レベルは21だね」

「知らない人だ」

まあどんな名前が出てきても、大抵は知らない人だけど。

「一度会ってるはずだよ」

「え？」

「あの遺跡であんたが助け出した連中の中の一人」

「あの中にいたの!?」

おれは驚いた。

強い人間が代表に選ばれるっていう話で、あの時助けた人が話に出てくるとは思わなかった。

「あれでかなりの実力者だからねえ、だから遺跡の探検を依頼したのさ」

「ああ……そういえばシャーロットもそんな事言ってたっけ。地図もない洞窟は実力者にまず頼むって」

「そうさ」

「そっか」

つまりあの中にいた、おれたちが助けたダリルって男がかなりの実力者なのは間違いないみたいだ。

すくなくともアネットが遺跡探検を依頼して、代表の次の候補に挙がるくらいには。

「ねえ、あんた」

「え？」

「本当にどうにもならないのかい」

アネットが言う。なんか色っぽい流し目でおれを見ている。

挑発……誘惑してくるような仕草だ。

「引き受けてくれたら……ね」

「ね」の先に何が続くのか……何となく想像できた。

そこまでして代表になってほしいのか。

なんとなく気持ちはわかるけど。

「わるい、もう引き受けたから」

「……しょうがないねえ」

そう言って、アネットはしぶしぶ引き下がった。

☆

「センパイ！」

城に帰ると、シャーロットが慌てて駆け寄ってきた。

「どうした」

「センパイにお客さんです！」

「おれに？　誰だ」

「はじめての方です！　えっと……リーウェイって町の町長さんみたいです！」

「リーウェイ？　初めて聞く町だな」

「ゴルドンの南にある町みたいです！」

「用事は？　聞いてるのか？」

「はい！」

シャーロットは大きく頷いた。

言葉が熱いのはいつもの事だけど、目がいつも以上に輝いてた。

「センパイに、リーウェイの代表として出てくれないかって言いに来たみたいです！」

「え？」

一瞬なんの事かわからなかったけど、すぐに理解した。

ブラムやアネットと同じで、代表のスカウト、それかオファーに来たんだ。

「センパイと、わたし達のうわさを聞いてきたみたいです！　ギルドに登録してるから、レベルとか、遺跡の件とかがうわさになってるみたいです！」

「ああ、登録したヤツは公開されるっていったっけ」

納得した。

登録するとレベルは公開されるし、おれのレベルはもうあのギルドで最高だから噂になるは当たり前だな。

「なるほど、だからか」

「どうしましょうセンパイ！」

「しかたない、会うか」

うわさを聞いてオファーに来てくれたのは嬉しいけど、ブラムに先に約束したから、断らないとな。

「もし」

声が聞こえた。城の入り口からの声で、それに振り向いた。

そこに初老の執事っぽい人が立っていた。その後ろにかなり荷物を積んだ荷馬車がある。

「こちらカルス・ブレット様のお屋敷でよろしいでしょうか」

「おれがカルスだけど？」

「これはこれは。大変失礼いたしました。わたくし、エドモンド・ゴールドマン様の使いで参りました」

「エドモンド・ゴールドマン？」

なんか結構立派な名前だな。

「その人がおれに用事があるのか？」

「はい。ブレット様に是非、当家の領地の一つの代表として、武闘大会に出場していただきたく存じます」

またスカウトか。

そんなおれの隣で、シャーロットが更に目を輝かせている。

「人間さん」

今度はイヴがやってきた。

「人間さんにお客さん、ぶ――」

「武闘大会の代表になれ、って？」

「さすが人間さん、予知能力もついた？」

イヴは寡黙な表情のまま、パチパチと拍手した。

おれは言葉を失った、三連続スカウトに言葉を失った。

思わず口元を押さえる。口角がつり上がりそうなのを感じたから。

笑いが、自分でもこらえられなさそうなのを感じていた。

# 22 レベル35～クレアは四天王でも最弱

「じゃあ全部断ったんだ」

おれの家の前にクレア、シャーロット、イヴの全員が集まった。

スカウトの話は全部断った、体一つしかないし、同時に違う所の代表になれないって言うんだから、しょうがない。

「しかしカルスくんすごいね、あんなにいろんな所から同時にスカウトが来るなんて話聞いたことないよ」

「そういうものなのか?」

「センパイですから!」

「あの人間さん、残念そうだった」

イヴが言ってるのはあのゴールドマンの執事だ。

断った後、一番残念そうにしてた。

ちなみにゴールドマンって人はいくつも領地をもってる貴族で、実質自分の領地から何人も代表をだせるから、その一人としておれに頼んできたらしい。

貴族だとそうなるって話をきいて結構納得した。

「残念そうっていうか、あきらめてなかったな。こんなものももらったし」

おれは一枚の紙をとりだした。

「それなに？」

「執事の人が渡してくれた連絡先。武闘大会開始直前まで変更ができるから、気が変わったら連絡してくれってさ」

「うわー、本当にあきらめてないんだ。そこまで行ったらかなり本気だよね」

「さすがセンパイ！　ちなみにわたし、調べてきたんですけど、今のところ出場を登録した人の中で、センパイのレベルが一番高かったです！」

「へえ？　って調べたの？　どうやって？」

「姉上に頼みました！　今回の武闘大会を任されてますから」

「あー、そういえばお前、お姫様だっけね」

シャーロット・エイダ・マーガレット。

じいさんから聞いた話だと第七王女だから、上にいる六人のお姉さんのうちの一人に聞いたんだろう。

「まあでも、こういうのって後から後から実力者がでてくるんだろ？　だったらそのうちもっとレベルの高いヤツも出てくるさ」

「それまでにセンパイも更に強くなってますよね！」

シャーロットが目をきらきらさせていった。

アイドルを見るときのファンのような目だ。

「まっ、強くなるけど。武闘大会来月だっけ、それまでにはレベル60台になってるだろ」

「ほんとうなの？」

「すごいですセンパイ！」

クレアが驚く、シャーロットの目が輝く、イヴがウサギ座りする。

星空の下での世間話、結構マッタリできて楽しかった。

「おうごるぁ！　カルス・ブレットってやつはどこだ！」

突然野太い声がして、おれたちは一斉に城の入り口を向いた。

そこに一人の男がいた。長い槍をもった20代の男だ。

「なんだお前は？」

「おれはジョンソン！　リーウェイの暁の明星のジョンソンだ」

「リーウェイ？」

名乗りを聞いたおれは首をかしげた。

「カルスくん、さっきもう一人いた、カルスくんをスカウトした人の町の名前だよ」

「ああ、たしかそんな名前だったっけ」

それを思い出して、ジョンソンを見た。

「その……リーウェイの？」

「リーウェイの暁の明星だ」

「……それがなんか用？」

「お前がカルスってヤツか！　おれと勝負しろ」

「はい？」

「リーウェイの代表の座をかけて勝負だ！」

ジョンソンは槍を構えた。

えっと……つまりおれが代表になるかもしれないと聞いて、武闘大会の代表だから実力で奪えばいい、それで殴り込みにきたってことか。

なるほどな。

まあ、代表にはならないけど、適当にいなして帰ってもらおう。

おれは立ち上がって、戦おうとした。

「待って」

「どうしたイヴ」

「あの人間さん……そんなに強くない」

「わかるのか」

「経験」

イヴがしれっと言った。

レベル20まで上がった経験でわかるみたいだ。

「だから、人間さんがでるまでもない」

この人間さんはおれって意味か。

「じゃあどうするんだ？」

「人間さん」

イヴはクレアを見た。

「人間さんなら、いい勝負」

「わ、わたし？」

「へえ。それは面白いな」

おれは腕組みして、座った。

「そういうことなら、クレア、お前がやってみろよ」

「わ、わかった」

クレアは立ち上がって、ジョンソンの所に向かっていく。

「貴様！　なんのつもりだ。おれを馬鹿にするのか？　このリーウェイの暁の明星を！」

「それってすごいのか」

「リーウェイ最強だ！」

「クレアはうちで最弱、リーウェイ最強って謳うなら倒すのわけないだろ。倒せたらおれが戦ってやる」

「ふん、いいだろう。今に見ていろ」

クレアとジョンソンの戦いが始まった。

クレアはロングソードを、ジョンソンは槍を使う。

初撃、撃ち合う剣と槍が火花を散らす。

クレアが押されてたまらず下がる――がすぐに体勢を立て直し、低い姿勢で飛び込んで、斜め上からロングソードを振り上げた。

「ええいやあ！」

「くっ」

死角から繰り出された一撃にジョンソンがのけぞる。不利な体勢になりながらも反撃し、槍でクレアを押し戻る。

見立て通り、二人はほぼ互角だ。

パワーではジョンソンが上だが、クレアの方が素早いし、テクニックが勝ってる。

レベル差は結構あるけど、クレアがおれと一緒に行動した事で積んだ戦闘経験がそれを埋められると思った。

　実際、クレアはそれを埋める動きをしていた。

「がんばれぇ！　クレアセンパイ！」

「勝ったら、アークリーの五つ葉草をプレゼント」

　シャーロットとイヴが応援する。

　クレアが躍動感たっぷりの動きでせめる。

　手数は圧倒的に上で、次第に優勢になる。

「クレアセンパイすごいです」

「人間さんなら、もう勝ってる頃」

「わたしですか!?」

「そう」

　イヴが頷く、ウサミミがぴょこんと動く。

「そうなんですか!?」

「うん、もう勝ってる」

「わあぁ……」

　シャーロットは感動した。

　まあ、そんなところだろうな。

強さで言うとおれが一番で、次がイヴ、そしてシャーロットにクレアの順だ。

更にシャーロットはクレア以上にソロでレベル上げをしてきたから、経験やテクニックの面では余裕で上回る。

シャーロットならもう勝ってる、っていうのはおれも同感だ。

「はあ、はあ……まだ続けますか？」

「これしきのケガで！」

いつの間にか負傷したジョンソンがクレアの剣をはじく。

戦闘が続く、雑談も続く。

「それよりも人間さん」

「うん？」

「都にいくなら、お願いがある。いろいろ食べ物屋さんに行きたい」

「食べ物屋？　ああそうか、お前の『レストラン』は食べた事のある料理を作り出せる能力だっけ」

「そう、食べた事のあるものを、今は七割のおいしさで」

「そうか、じゃあ色々食べて回ろう」

「それならわたしが案内します、というか用意します！　センパイを一度王宮にご招待して、宴を開こうかなって思ってましたから」

「王様御用達の料理人が作る料理を食べられる?」

「はい!」

「やた」

小さくガッツポーズするイヴ。かわいい。

「草はどうですか? お馬さんが食べる牧草も多分最高の物を用意できると思います! お父様が大事にして白馬の物は結構良いところの牧草って聞いた事があります!」

「ふわぁ……」

イヴが目を輝かせた。可愛かった。

キーン!

一際高い金属音が響く。

見ると、ジョンソンの槍の矛先が砕かれて、それでがっくり方を落としていた。

「参った……」

勝った方のクレアは肩で息しながら、葉っぱをむしゃむしゃしていた。

# 23 レベル36〜暗殺される条件

夜、何となく目が覚めた。
本当に何となくだ。なんかいつもと違う、変な気配を感じる。
寝そべったまま、眼球だけを動かす。
自分の部屋。いつもの天井にいつもの壁、何も問題はない——と思った瞬間。
天井で何かがきらりとひかりを反射して、それが落ちてきた！
慌ててスキルを発動。
針子のネネ、螺旋のアオバ、閃光のアキハ。
三色のドーム陣、防御に特化した組み合わせだ。
落下してくるものが一瞬だけ水に沈んだように落下が遅くなった。
その間に飛び退く。
「何者だ」
そいつに問いかけた。

そいつは困惑していた。ドームの中、思う様に身動きがとれないからだ。

そいつをじっと観察した。

女だ。小柄な女で、右手に短刀を逆手に持ってる。

左手はアンバランスに大きい、暗い部屋の中でよく分からないが、体が一部獣になってる感じだ。

そして、目が冷たかった。

目と目が合った瞬間、ぞくりと背筋が凍るくらい冷たかった。

目で見た情報を総合して、おれの頭の中にある単語が浮かんだ。

「暗殺者か」

自分でいっててちょっと待て、と思ったけど、そうとしか思えなかった。

だけどそれで正解みたいだった。女は更に飛びかかってきて、短刀を振ってきた。

更に円陣を敷く、七色のドームにする。

女の攻撃を避けて、火炎の息で反撃した。

渦巻く炎、女は血相を変えて横っ飛びした。

「うわ！」

おれも驚いた。

いつもより数倍巨大な炎の玉は部屋――館そのものを破壊した。

そこにあるものを一瞬で燃やし尽くし、綺麗な夜空が見える様になってしまった。

「くっ」

女は呻き声を残して撤退した。夜の闇の中に消えていった。

残ったのはおれ、半壊した館。

そして、騒ぎを聞いて起きてきたクレア達の声だった。

☆

翌日、出席の後じいさんに昨日の事を話した。

「暗殺者じゃな。おそらくはどこぞの貴族の手のものじゃろ」

「貴族の手のもの？　どういう事ですかウィルフ様」

「貴族様がよく使う手じゃ、武闘大会で自分の息子を少しでも有利にさせるために、出場する有力者をあらかじめ消しておくのじゃ」

「そんな事があるんですか！」

シャーロットが驚く。

「まあ、やってても不思議はないな。前哨戦というか場外乱闘というか。そういうのもありなんだろうな」

「名声と富が絡んでるしね」

クレアが苦い表情で言った。

「実力者の定めじゃな」

「確かに、実力者じゃないと狙われもしませんよね。さすがセンパイです！」

「嬉しくない――事もないけど」

複雑な気分だ。

狙われるのは実力を認められたからだが、それで暗殺されるのは困る。

しばらくは用心しとこ。

「そうだ、ウィルフ様にお願いしたいことがありました」

クレアが何かを思い出したようにいった。

「……」

「ウィルフ様？」

「はて、どなた様でしたかいのう」

またかよ！

本当何かを質問しないとボケボケになるよなこのじいさん。

クレアが困ってる、慣れてるはずなのに困ってる。

「頼みたい事ってなんだクレア」

「うん、村長さんがね、王都まではウィルフ様に一緒に行ってもらえないかって言ってきたの。大会に出る代表選手と、村の代表者両方行かないとダメらしいの。でも村長さん最近腰悪くしちゃったから」

じいさんも大概頭いっちゃってるけどな。

まあでも、それは逆に好都合だ。

武闘大会に出てるときレベルアップをどうしようかって思ってたところだから。

「どうしよう……」

「村長さんにはわかったって言えば？」

「え？　でも」

「ウィルフ様はまともになった時に聞けばいい。最悪むりやり連れて行こう」

「む、無理矢理？」

「賛成です！　武闘大会中でも学びたいから！　なんとしてもウィルフ様は説得します！」

シャーロットは相変わらず熱かった、そして真面目だった。

「うん、わかった」

クレアは頷き、そして笑った。

「なんだか遠足みたいだね」

「というか修学旅行みたいだ」

「それは楽しみです！」

おれたちは笑い合った。
王都への旅はじいさんも一緒に行くことになった。

# 24　レベル37～失敗は繰り返さない

朝、野外で目が覚めた。

目の前にはじいさんの馬車と、クレアとシャーロットのテントがある。

王都に行く途中で、次の町に着かなくて、昨夜はここで野宿をしたんだ。

伸びをして、起き上がる。

「おはよう、人間さん」

イヴが話しかけてきた。

「おう、おはよう」

「朝ご飯、どうぞ」

そういってイヴが差し出したのは、皿に載せたベーコンエッグとかりかりのトーストだった。

「美味しそうだな。こんなものどうやって……ああ、お前のスキルか」

「うん、前にたべたもの。味は及ばないけど、どうぞ」

たしかオリジナルの7割だっけか。

おれはイヴの作ってくれた朝ご飯を食べた。

トーストはかみ応えがあって、香りが口の中に広がる。

ベーコンもカリッカリで、その塩気が目玉焼きとよくあっている。

「うん！　うまい」

「お代わり、いる？」

「もらう」

イヴは頷き、皿を受け取った。そこに手のひらをかざした。

手のひらが光った後、同じベーコンエッグとトーストが現われた。

便利だな。

「はい、どうぞ」

イヴから皿を受け取った瞬間、グギュルルルルという音が鳴り響いた。

一瞬なんの音かと思った。

よく見ると、イヴが盛大に顔を赤くしている。

「いまの……お前の腹の音？」

「……うん」

「えっと……食べるか？」

皿をイヴに差し出し、聞いてみる。イヴは首を振った。

「スキルで作り出すのって、体力使うから」

「そういえばそうだった！」

前に聞いたけど、すっかり忘れてた。

「自分で食べても、７割しか戻らないから」

「そっちでも７割か！」

なんか悪い気がしてきた。

おれは目の前のベーコンエッグとトーストをじっと見つめる。実際に腹の虫がなってるのを聞くと、食べるのにものすごく罪悪感が湧いてくる。

どうしようか、って思っていると。

「イヴちゃん、探してきたよ」

今度はクレアの声が聞こえた。

クレアは両手いっぱいの葉っぱや草を抱えている。

「なんだそれは」

「イヴちゃんのご飯。はいどうぞ」

「ありがとう。これ、人間さんのご飯」

クレアのためのベーコンエッグトーストも出してやった。

「ありがとう、でもわたしは食べてきたから、お腹いっぱいなの」

「食べてきた？」

「うん、イヴちゃんの……」

クレアはおれの疑問に答えかけて、口をつぐんだ。

「ううん、なんでもないなんでもない。わあ、これ美味しそうだな」

わざとらしくベーコンエッグを喜んだ。

こいつ……イヴの朝ご飯を探すついでにつまみ食いしてきたな。

☆

朝ご飯の後、じいさんを馬車に乗せて、おれたち四人は歩いて、ゆるゆると出発した。

一応試してみた。野外でも、じいさんに出席をとってもらえばレベルアップはした。

これでおれのレベルは37になった。

そしてじいさんがついてきてレベルアップを続けられるって事は、武闘大会までにレベル70近くまで上げられるって事だ。

前にアネットから聞いた話だと、レベル70を超える人間は世界でも五人くらいしかいないってレベルだ。

これは、本気で優勝を狙っていけるかもしれない。

「今回は無理でしたけど三年後の武闘大会には出場したいです！」

「シャロちゃんも出たいんだ」

「はい！　そしてできれば優勝して前回優勝者のセンパイと公式の場で手合わせしたいです！」

「どういうこと？」

「優勝者は最後に、前回優勝者と戦うんです！　こんな感じです！」

シャーロットは枝を拾って、地面に線を引き出した。

トーナメントだ。

まず八人分の一般的なトーナメントを引いて、最後にもう一本、九人目の線を引いて、優勝者と戦うように引く。

「シードか」

「そうです！　前回優勝者は最終シード扱いなんです！」

「そっか、その方が盛り上がるもんね。優勝した人と前回優勝した人が戦うのって」

「へえ」

というか、それって普通につらくない？

武闘大会を勝ち抜いた後に、無傷の前回優勝者と戦うんだぜ。

普通につらいだろ。

「三十年くらい前からこの形になったのじゃ」

馬車の中からじいさんが言ってきた。

「それまでは優勝した後、名声と富におぼれてしまう者が多くてのう。あるとき戦争が起きて、優勝者を召集したらぷよぷよに肥えて使えんものばかりが集まってきたのじゃ」

「エライ怠けようだな、それ」

なんとなく想像できるが。

「それからじゃ、優勝者に次の大会でシード出場が義務づけられたのは。勝って当たり前、負ければ恥さらしの状況でのう」

「そうだったんですね」

「そういうわけですから！　センパイ是非優勝してください！」

シャーロットがキラキラ目でおれを見る。

まあ、頑張ってみるさ。

武闘大会に関する世間話を続けながら、更に進んでいく。

「人間さん」

「うん？」

「襲われてる」

「なにが――って」

イヴの目線を追いかけていくと、大分離れた所に一台の馬車があって、何者かに襲われていた。

馬車は既に燃え上がっていて、切羽詰まった状態だ。

「たすけなきゃ！」

「ああ、いくぞ。ウィルフ様はここで」

じいさんをおいて、おれたち四人が一斉に走り出した。

馬車に近づくと、襲ってるのが格好からして盗賊の類いだとわかる。

馬車は炎上し続け、中から一人の少女が逃げ出してきた。

緩くウェーブのかかった栗色の髪に、ふっくらした色気のある唇。

全身に纏ってるのは動きやすさよりも華やかさを重視したドレス。

パッと見、どこかのお嬢様って感じだ。

「シンシアさん！」

「え？　シャーロット様！」

シャーロットが声をあげ、お嬢様はこっちに気づく。二人とも驚いていた。

「シャロちゃん、知りあいなの？」

「はい！　何度か王宮で会ったことが」

「王宮でぇ？」

盗賊の一人が言った。

「シンシアお嬢様が王宮で会ったって事は、こいつもいいところのお嬢様ってことか」

「シャーロットって今言ったぞ。もしかしてシャーロット・エイダ・マーガレット王女じゃねえのか」

「へえ、それは棚からぼた餅だ。丁度いい、そいつも捕まえろ」

盗賊のボスっぽいのが命令すると、手下が一斉に襲いかかってきた。

戦う心の準備をしてきたから、おれは慌てず七色のドームを出した。

ドームの中で、クレア、シャーロット、イヴの三人が盗賊達を倒していく。

が。

「きゃあ!」

「くっ」

盗賊の手下をあらかた倒したとおもったら、参戦したボスにクレアとシャーロットが負傷した。

イヴもドームの中なのに、互角程度の戦いだ。

「つよいな」

「このスキル。円陣術のレベル14以上とみた」

「むっ」

ボスの口ぶりからして、この職業の事をしってるみたいだ。

まだレベル12だから見立て甘いな。

「生まれながらいい職業を神からもらったな。そしてその歳でレベル14とはたいしたものだ。だが」

盗賊ボスはイヴもはじき飛ばした。

「レベル14程度でおれはたおせんぞ小僧！」

「……クレア、シャーロット、イヴ。みんな下がれ」

三人は言うとおり下がった。

おれは七色のドームを解いた。

「なんのつもりだ。観念でもしたか」

にやりと口をゆがめるボス。

「いや」

息を胸一杯に吸って、吐く。

真・火炎の息。

渦巻く炎がボスを襲う。

悲鳴が聞こえる。

しばらくして炎がきえ、ビクビクと地面に倒れてけいれんするボスの姿がみえる。

「陣の中だと消し飛ぶからな」

あの館のように。

# 25　レベル37～よりみち

盗賊どもを全員縛りあげた。

ほとんどが大したケガじゃない中、一番強いボスが一番重傷だ。

まあイヴが診たところ「命に別状はない」って言ったから放置することにした。

それよりも、とシンシアお嬢様に話しかける。

「大丈夫だった？」

「は、はい。あの……あなた様は……？」

「カルス・ブレット」

とりあえず名乗った。

「その、カルス様はどちらで修行なさったのですか？」

なんかキラキラ目で見られた。この目は知ってる、シャーロットに近い目だ。

「センパイは賢者ウィルフ様の弟子なんです！」

そのシャーロットが代わりに答えた。するとシンシアが目をみひらいて驚いた。

「あの賢者ウィルフ様ですか」

「そう！　わたしも同じウィルフ様の所で勉強させてもらってるよ！」

シンシア相手だと若干砕けた口調、でも熱いのは変わらないシャーロット。

「で、では皆さんウィルフ様の？」

「ああ、賢者の教室で勉強してる」

「そうでしたか、道理で皆様おすごいんですね」

なんか納得された。

じいさんの名前を出しただけで（シャーロットも積極的に出した）簡単に納得された。

あのじいさんのこと、まだまだ見くびってたのかもしれない。

「すごいのはカルスくんだよ、武闘大会にも出場するし」

「そうだったのですね。じつはわたくしもこれから父上の領地に戻って、代表者選びの予選に立ち会うところですの」

「そうか。ちなみにこいつらに襲われる心当たりは？」

「ありません。強いていえばこのタイミングですし、代表者の選出に手心を加えてほしさで――なのかもしれませんが、それで代表になっても……」

言葉を濁すシンシア。

まあ武闘大会だし、最後は名誉を賭けた前回の優勝者が立ちふさがるんだし、そんなこすい手で代表になっても仕方ないわな。

「普通に身代金目当てだと思います！　わたしの事を知った途端わたしもねらいましたから！」

「そっか、シャロちゃんは武闘大会にあまり関係ないもんね」

「はい！」

「となると身代金目当てでほぼ確定かな」

「そういうのってあるのね」

「まあ、あるだろ」

古今東西、そして異世界であっても変わらないもんだろうな。

金持ちの子供を誘拐して、大量の身代金をせびるのは。

「あの……よろしかったら、皆さんにお礼をしたいので、当家の領地にいらしていただけませんか」

「でも、わたしたちは武闘大会のために都に行く途中で……」

「人間さん、うっかり。その人は予選のために戻る。だったらついていっても、武闘大会には間に合う」

「あっ、そっか」

イヴに指摘されて、はっとするクレア。

クレア、シャーロット、イヴ。

そしてシンシア。

四人はおれを一斉にみた。どうやら最終的な決断はおれがしろ、って事みたいだ。

……まあ、間に合うのなら問題ないし、乗りかかった船だから、領地までしっかり護衛してやった方が寝覚めもいいだろう。

「是非」

シンシアがさらに押してきた。

そこまで言われたら断れない。

こうして、シンシアと同行する事になった。

☆

大分進んだ、その日の夜。

夜を過ごすため、開けた場所で野営の支度をはじめた。

「シャーロット様、普通のテントなんですか？」

シャーロットがはったテントをみて、驚くシンシア。

「どういうことなんだ？」

「シャーロット様がこういう魔法テントを使わないのに驚きました」

そういって、シンシアもテントをはった。

シャーロットのはいちいち自力で設置する普通のテントなんだが、シンシアのそれは小さなブロック状で、地面に置いたら折りたたみ傘みたいにぱっと開いてテントの形になるものだった。

そして入り口を開くと——驚いた。

中は見た目通りの広さだが、布団やランプなど、寝泊まりのための道具が一式入ってる。

今まで折りたたまれてたのにどうやって？　って思った。

「魔法テントはこれが便利なんです！　中に入ってるものをいちいち片付けないでいいんです！」

「なるほど、そういう便利アイテムがあるのか」

「これ、ほしいねカルスくん」

「いくらくらいするんだ？　いやそもそも買える物なのか？」

シャーロットに聞いた、シャーロットは困って答えられなかった。

シンシアを見た、シンシアも困り顔をした。

「すみませんセンパイ！　姉上達も持ってますが！　買ったという話は聞かないのでわかりません！」

「わたくしも、父上から戴いたものですから」

「ああ」

まあ、お姫様にお嬢様ならそんなもんだろ。聞いたおれの方が悪い。

「ウィルフ様、ウィルフ様はご存じですか？」

振り向いて、起こしたたき火の横で手を温めて、ぷるぷる震えているじいさんにきいた。

じいさんは目がしゃきんとして、質問に答えてくれた。

「高価なものじゃが、買えなくはないぞい。ただし希少なものじゃから、どこも姿を見せるたび即完売じゃな」

「へえ」

「16歳になればとりあえずは一人暮らしする、のが世の習わしじゃからのう」

「なるほど。一人暮らしする子供にせめて便利アイテムを持たせてから送り出すのか、金持ちとかは」

なんとなくわかる。

そう考えると、何も持たせてくれ無かった母さんはちょっとひどいかもしれない。

……いやこっちの方が普通か。

それからしばらく世間話をして、やがてみんな寝ることにした。

「そうだ、テントを一カ所に集めてくれ」

「どうしてなの？」

クレアの質問に、おれは七色のドームを張って答えた。

「この中にいれば、いきなり襲われても平気だろ」

「そっか！　さすがセンパイ！」

「人間さん、疲れない？」

「大丈夫だ、これくらい」

嘘じゃない、レベルが上がれば上がる程、陣を張るのが楽になってる。

一晩スキルで陣を張り続けるのもわけないことだ。

二つのテント、そしてじいさんの馬車。

それらを全部あつめて、陣の中に移動した。

その晩、みんなは七色のドームに守られて熟睡できたという。

## 26 レベル38～近いルートと遠いルート

翌朝。朝ご飯を食べて、じいさんに出席をとってもらった。

いつもの様にレベルアップしてから、シンシアの実家に向けて出発した。

結構のんびりした道中で、思わずあくびが出そうになるほどだ。

そして、街道の分かれ道にやってきた。

二叉に分かれてる道だ。

「なあ、これはどっち行ったらいいんだ？」

「こちらでお願いします」

シンシアは馬車から顔を出して、横にそれる方の道を指した。

「こっちか」

「はい、ちょっと遠回りになりますが」

「どういうこと？」

「まっすぐ行くと早く着ける代わりにモンスターがよく出る谷を通るのですわ。かなり危険なモンスターの巣だから、よほど熟練の冒険者でも避けて通ると有名な道なのです」

「へえ」

「そしてこっちは回り道になりますが、途中で宿場町が整備されてて、かなり安全な道なのです」

「ふーん」

速いけど危険な道と、遅いけど安全な道か。

「じゃあまっすぐ行こうか」

「えっ」

シンシアが驚く。今の話を聞いてなかったのか、って顔をする。

「こっちの方が早く着くんだろ」

「はい。でもモンスターが……」

「そんなのは問題じゃない。クレア、シャーロット」

「いつでも大丈夫」

「用意できてます!」

二人は武器を持って、準備万端って感じだ。

「人間さん、わたしは?」

「イヴは秘密兵器だ」

「秘密兵器?」

「おれと一緒」

「……わかった」

イヴが頬を染めて頷いた。

「ってことで、いこうか」

「あの、ここの魔物はかなり――」

「大丈夫です！　センパイがいますから！」

シャーロットが無理矢理説得した。いや説得ですらない、わがままのごり押しだ。

王女シャーロットの言うことを、シンシアは無下にできない様子だ。

二台の馬車が並んで進む。

道はまっすぐで、やがて左右が岩山で挟まれるような道になった。

そこに足を踏み入れた途端、あたりが一段と暗くなったような気がした。

いかにも魔物が出そうな気配がする。

だけど気にせず進む。

「敵、来る」

イヴのウサミミがピンと張った。

上を見た。岩山に多数の魔物が見えた。

狼のように見える魔物、毛皮は闇のように黒く、開いた口から漏れる吐息は炎が渦巻いてるようだ。

それが数十……一気に襲いかかってきた。

七色のドームを張った。

円陣術士はレベル13になり、最後の大君のサクラ以外全部がレベル2で、効果範囲が広がってる。

そのドームの中でクレアとシャーロットが戦った。

火を吐く狼と戦った。

二人は結構善戦してる、言い換えればちょっと手こずってる。

がまあ、苦戦ってレベルじゃない。

「きゃあ」

狼の一頭がシンシアの馬車を襲った。

「イヴ」

「わかった」

イヴがでっかいメイスを担いで飛び出した。

「倒すな、クレア達の所に放り込め」

「りょーかい」

イヴはおれの指示通り、シンシアを襲う狼を軽く払いのけ、クレア達の所に放り込んできた。

「人間さん、後ろ」

今度はおれが襲われた。

前の方ばかりを見てたおれに、後ろから狼が飛びついてきた。

「……グオオオオオ！」

龍の咆哮。

飛びかかってきた狼に使って、動きを止めた。

硬直して動かなくなったそれを、同じようにクレア達の方に放り込んでくる。

数十頭の狼は、クレアとシャーロットに倒された。

「や、やはりお強い。しかもこの戦い方は……教育？　戦いの中でなんて余裕……」

シンシアが目を丸くしていた。

「二人とも大丈夫だったか」

「うん」

クレアは即答して、葉っぱを取り出してむしゃむしゃをはじめた。

「シャーロットは？」

「……」

「シャーロット？」

なんか上の空だったからもう一度聞いた。すると。

「レベルアップしました！」

急にこっちを見て、いつも通り熱く言った。

「したのか？」

「はい！　これでレベル８です！」

「おお、いい感じじゃないか」

出会った時から既に７だったシャーロットのレベルもようやく上がって８になった。

クレアが１から４に上がるあいだに、ようやくシャーロットが７から８になった。

「はい！　センパイのおかげで――す」

それまで熱かったシャーロットが急に電池切れを起こしたかのように倒れた。

膝からくずおれて、しかし地面に倒れ込む直前に流れるような動きで自分に腕枕する。

そして、寝始めた。

「結構消耗したんだな」

「むしゃ……結構……むしゃむしゃ……強かったから」

お前は食うか喋るかどっちかに専念してくれ。

「人間さん、これもどうぞ」

イヴはクレアに最高の青草でえづけした。

その後も順調に進み、翌日には目的地に到着した。

Lv.0

# 27　レベル39～知らぬが仏だった

ソーサー。

人口三万人もいる大きな街で、シンシアの実家エンフィールド家が統治している街である……らしい。

シンシアと一緒に街の入り口を通過した。

街の中は賑わってて、かなりの活気だ。

「ご案内いたしますわ」

シンシアはそう言って、自分の馬車に乗り込んで、先導しだした。

おれたちはその後についていく。

「すっごい……大きな街」

「そうか？」

「うん、そうだよ。こんなに人がいるの見た事ない」

お上りさん丸出しのクレアだ。

三万人の街なんて東京に比べたらたいしたことはないんだが、クレアからしたらすごいんだろうな。

お姫様のシャーロットは対照的に普通な感じだった。こっちは生まれの都がもっと栄えてるからなんだろう。

イヴはいつも通りの物静かな感じだった。

「こんなにおっきい街だと、予選もすごい人の数で競い合うんだろうね」

「街ごとに一人なのか？　代表は」

おそらく一番わかってるシャーロットに聞いた。ちなみにじいさんは馬車の中でフガフガしてる。

「はい！　規模関係なく各街に一人です！」

「だったらうん、街の規模がでかければでかいほど競争は激しいな。人口的にも大きい街の方が実力者いる可能性高いし」

「そうですね！」

「大丈夫、人間さんの方がつよい」

「サンキューな」

そう言ってくれるのはありがたいが、まあ油断大敵だ。

更に進んでいくと、争いの声が聞こえた。

手綱を引く、馬がいななき馬車が止まる。それを聞いたシンシアの馬車も止まった。

おれは騒ぎの方向を見た。

そこは酒場って看板を出してる所で、二階の個室になっている様な所の窓が開いてて、そこから騒ぎが聞こえる。

「ちょっとくらいいいじゃねえかよ」

「やっ、わたし、そういう女じゃありません！」

「強情張るなよ、金はちゃんと払うからよ」

「やっ！」

パリーン、となにかが割れる音がした。

直後にビンタの音が響いた。

「優しくしてりゃつけあがってこのアマ！」

「やー！　誰か、誰か助けて！」

助けを求める声が聞こえた。

「カルスくん！」

「ああ……行くぞ。悪いけどシンシア、ちょっと待っててくれ」

「わかりました」

シンシアは止めなかった。むしろ尊敬の目でおれたちを送り出した。

店の中に入って、階段を駆け上がって、騒ぎになってる部屋に突入する。

すると、男が女の人に乱暴しようとしてるところだった。

「やめろ」

「はあ？　なんだてめえらは」

「なんだっていい、その女の人を放せ」

「なにわけの分からねえこと言ってんだ、この女はおれが金を払って呼んだ――」

「違います！　そういう女じゃないです！　わたしは秘伝のお酒を売ってて、出張でその場で作る商売をしてるんです！」

女の人が必死に叫んだ。

なんか状況がわかってきた。

「いいから放せ」

「放さないって言ったら」

「実力行使するだけだ」

おれのうしろでガチャって音がした。

クレア、シャーロット、イヴの三人が武器を構えた音だ。

「……馬鹿め」

男がそう言うと、ドタドタとたくさんの足音が聞こえた。

手下だろう、たくさん出てきて、おれたちをとりかこんだ。

数は十を超えてる、こっちの三倍以上だ。

「さっきなんていったのか、もう一度言ってもらおうか」

男は勝ち誇った顔で言った。

「クレア、シャーロット、イヴ。そいつらは任せる」

おれはそう言って、七色のドームを張った。

「うん、任せて」

「ご安心くださいセンパイ！」

「人間さんは、あの人助けて」

三人に任せて、おれは部屋の中に入った。

「馬鹿め」

男は女の人を放して、立ち上がった。

おそらくは自分の武器である長剣を持って、ヒュンヒュンと振った。

部屋の真ん中にあるテーブルが音もなく真っ二つになった。

断面がものすごくきれいで、剣の腕が相当なものだとわかる。

「このリンフォード様に楯突いた自らの愚かさを悔やむがいい」

男はそう言って、剣で斬りかかってきた。

「……」

おれは白目になった。
大口を叩く割には、それほど大した動きじゃない。
これならいつも通りに倒せる。
龍の咆哮。
息を吸って、腹の底から叫ぶ。
男の動きが途中で止まって、そのまま体が硬直した。
剣を取り落として、ぷるぷると震える。
ウインドブレス！
息を吸って、男に向かってはく。
吹き飛ばされ、背中を壁に打ち付ける。
膝を押さえて立ち上がろうとする。
龍の咆哮で止める。ウインドブレスで吹き飛ばす。
何度か繰り返して、そいつは気を失った。
「カルスくん、こっちも終わったよ」
振り向く。ドームの中で戦っていたクレア達も完勝した。
ちなみにシャーロットは早速ショートスリープに入っていた。

☆

「そんな事がありましたか」

夕方、エンフィールド家の屋敷。

シンシアに連れられて屋敷にやってきたおれたちは、シンシアの父親であるライナス・エンフィールドに歓待された。

応接間の中には七人。

ライナスとシンシア、それにこっちの五人だ。

そこで、シンシアを助けたことからついさっき街の中でおきた出来事を世間話ではなした。

「そういうならずものは放っておけませんな。もしご存じなら、そのものの名前を教えてもらえますでしょうか」

「えっと……、たしかリンフォードって言ってたっけ」

「むぅ」

「その人がリンフォードと名乗っていたのですか?」

シンシア親子の顔色が変わった。

「どうかしたんですか?」

聞くと、シンシアが困った様子で答えた。

「絶剣のリンフォード。三年前に代表になった男で、今回もおそらく予選を勝ち抜くであろうと言われてるものです」

「へえ」

そりゃ困るな、期待してた実力者が実はそんな事をしてたとか、しかも放っておけないと宣言しちゃったし。そりゃ困るよな。

どうにかして空気をやわらげないとな。

「そんな人を子供扱いで倒すなんて！　さすがセンパイです！」

とおもっていたけど、お姫様は空気を読んでいなかった。

# 28　レベル39～パワーレベリング

ソーサーの街の近くにある森。

おれはクレアと二人でそこにやってきた。

目的はここでクレアのレベル上げを手伝うことだ。

聞いた話によると、この森に生息してるのは主にショハンと呼ばれる豚のような魔物だ。

でっぷりと太ってるように見えて、素早くてパワーもある脅威の魔物……と聞いてやってきた。

早速一匹とでくわして、七色のドームを張ってやった。

「さあ、いけクレア！」

「うん！」

クレアは勇んで攻撃をしかけた。

パワーがあって、素早さがあって、タフさも持ってる魔物。

七色のドームの中でも、倒すのに手間取った。

「また来た」

休む間もなく、騒ぎを聞きつけた次のショハンが現われた。

ドームを張り直して、サポートする。

「きゃあ！」

クレアが体当たりで吹っ飛ばされた。ピンチになる。

龍の咆哮を使って、ショハンを止めた。

「立てるか」

「うん、大丈夫」

「よし、じゃあ続きだ」

「うん！」

回復の効果はあるのに、クレアは自前の葉っぱをぞんざいに口の中に突っ込んで、更に挑んでいった。

今度はより慎重に、ショハンを倒していく。

倒してはやってきて、やってきては倒す。

それを繰り返す。

三十匹倒したところで、クレアがレベルアップした。

「レベル５か、それで。ちなみに職業はどれをあげた？」

「毛虫のほう」

「戦士はいいのか？」

「うん、シャロちゃんを見習って、一つをとにかく極めようって」

「まあ、それもいいかもな。ちなみにスキルは何を覚えた。

「むしゃむしゃ４」

「……毛虫はレベル４だよな」

「うん」

それでむしゃむしゃ４か。

まあ、いいけど。

空を見る、大分暗くなって、完全に夜になった。

「どうしようか」

「もうちょっとやっていかない？」

「ああ、いいぞ」

クレアがやる気になったから、もうちょっと続ける事にした。

そして夜になったし、おれは提案した。

「なあクレア、これからは陣だけじゃなくて、龍の咆哮で魔物を止めとこうか」

「止めとくの？」

「ああ、普通にやるとたまに攻撃されるだろ？　そうじゃなくて、止めて、お前が叩くってのをやるんだ」

「うーん、いいよ」

「そうか、じゃあ……」

おれは考えた。

龍の咆哮で止めるのなら、陣の内容もちょっと変えた方がいい。

まず物理攻撃があがる月のユリカゴは必須、幻影のルリは速度を上げて手数を上げるからこれもいる、後は閃光のアキハで防御を低下させれば事足りるな。

つまり三色でいいわけだ。

「カルスくん、来たよ」

「おう！」

龍の咆哮――新たに現われたショハンの動きが止まる。

次に月のユリカゴ、幻影のルリ、閃光のアキハの三色ドームを張った。

クレアが飛びかかった。動けないショハンを一方的に蹂躙《じゅうりん》した。

倒したあと、クレアは目を輝かせていった。

「さっきより大分速く倒せた！」

「おれもそう感じた。よし、さくさく行くぞ」

「うん！」

効率的なやり方を見つけた気分になった。

それで魔物を倒し続けた。

二匹まとめて出てこられても、クレアは倒す事ができた。

一回の咆哮で止めてる期間中に倒せた。

たまに三匹の群れがあって、咆哮の効果が切れてもう一回咆哮しなきゃいけない事があるけど、それも大した問題じゃない。

さくさく倒していった。

フォローしながらおれは考えた。

龍の咆哮とこの三色のドーム、これで安全にレベル上げの手伝いができる。

こうやって、安全な所で繰り返して地道にレベル上げをするか、それともどこか危険なところにいって、さくっと上げるのか。

多分だけど、他のスキルも含めて削りとトドメを使い分ければもっと効率的な方法があるとおもうんだ。

それがなんなのかを考えた。

「やった!」

ショハンを一匹倒して、喜ぶクレア。

……やめよう。そんなクレアを見て無理はやめようと思った。

無難に、安全に。

石橋を叩いて渡るくらいの感じでレベル上げをしていこう、おれはそう思った。

今でも、クレアは歳の割には速く、上位5％にいるくらいの速さだしな。

「そういえば、これってうまいのかな」

「え？」

いきなりそんな事をいいだしたおれを、クレアがビックリした顔で見る。

「うまいのかなって、味の事？」

「ああ」

「どうなんだろ……」

「ちょっとやってみるか。クレア、肉をそれなりの大きさにきっといて」

「う、うん」

クレアが剣を使って、ショハンを解体した。

おれは近くから岩を見つけてきた。

一面が真っ平らになってる岩。その上の汚れを丁寧にはいて、火遁の術をつかった。

岩が真っ赤にやける、クレアからショハンの肉を受け取った。

岩で肉を焼く、脂がたっぷりのったショハンの肉がジュージューと音を立てて焼き上がっていく。

「おいしそう」

「ああ……これいいかな」

両面に焼き色がついたところで岩からあげて、シャーロットに切り分けてもらった。

そして、二人で食べる。

「――美味しい！」

「うまいなこれ」

それは今まで食べた肉の中で一番うまい肉だった。

赤身のような肉々しさと、脂身のジューシーさが高いレベルで合体している。

一度だけ食べた、１００グラム５千円の肉よりもうまかった。

「なにこれ、なにこれ美味しい」

「ああ、うまいな」

「すっごい……ねえねえカルスくん、これをみんなにも持って帰ろうよ」

「おれもそうおもっていた」

ということで、今日のレベリングはここまでにした。

焼くのは帰ってからということで、クレアと切り分けた肉をソーサーの街に持って帰った。

それを食べたイヴが大喜びした。

「また、美味しいものを作れるようになった」

そういって、７割のおいしさで再現したショハンの肉を見つめて笑ったのだった。

## 29 レベル40～強情オヤジと素直なムスメ

シンシアの家の別邸で目を覚ました。

ソーサーの街にある屋敷で、滞在中はここに泊ってくれと言われた屋敷だ。

部屋を出て、適当にぶらつく。

庭に知ってる姿を見つけた。じいさんだ。

庭に出て、じいさんに近づく。

「おはようございます、ウィルフ様」

「ふあぁ？」

ふがふがモードのじいさんがおれをみる。

「はて、どなた様でしたかいの？」

「カルスです。ちなみに朝ご飯は多分もうすぐです」

この後決まって「ご飯はまだでしたかいのー」って言われるので、先回りした。

「おお……おおお……ご飯は昨夜食べたのじゃ」

「今日も食べて下さいよ！」

なんか変な会話になった。

「それよりも何をしてたんですか？」

「……」

ぷるぷる震えるだけで答えなかった。まあ、こういう会話が続かないのはいつもの事だ。

「おはよう、カルスくん」

「おはようございます！」

背後からクレアとシャーロットの声が聞こえた。

二人はおれの横に立って、じいさんにも挨拶した。

三人が揃って、じいさんはフガフガしながら出席をとった。

おれはレベルアップして、そのまま庭で授業が始まった。

授業の内容は「ソーサーの成り立ち」だ。

どうやらこの街はシンシアの家・エンフィールド家と密接に結びついてるらしく、じいさんはそれを事細やかに話した。

街の歴史なんてちっとも興味はないから、おれは途中から居眠りして聞き流した。

☆

「ヒマだな」

授業が終わった後、クレアと世間話をした。

「ヒマだね。あと一週間はヒマだっけ」

「はい！」

シャーロットが大きく頷いた。

「ソーサーの街の人が多いから。一週間かけて予選をして、最終日に勝ち残った四人で盛大に決勝戦をするみたいです！」

「なるほどな」

「すごく盛り上がるお祭り騒ぎになるから！　是非それまでいて下さいってシンシアが言ってました！」

「それはいいけど、それまでがヒマなんだよな」

「夜になったら歓迎の宴会を開いてくれるらしいです！」

「歓迎の宴会か」

だとしてもそれまでヒマだな。

「またレベル上げに行く？」

クレアが提案した。

「そうだな……シャーロットも行くか？」

「ご一緒します！」

そうと決まったら早速行動にうつした。

クレアとシャーロットと一緒に屋敷から出ると、一緒に行くとイヴもついてきた。

結局全員行動だ。

レベル上げに行く前に、まずはシンシアの本宅にむかった。

夜に宴会を開いてくれるっていうから、一応一言言ってから行こうと思った。

「うん？　なんか慌ただしくないか？」

本宅につくと、そこがものすごく慌ただしくしてるのが見えた。

人がひっきりなしに出入りしてて、ほとんど全員が大変そうにしてる。

「どうしたんだろ」

「中に入ってみよう」

屋敷に入ると、シンシアの父親・ライナスの姿が見えた。

ライナスは部下達に次々と何か指示を飛ばしている。

こっちの姿をみつけて、話しかけてきた。

「おお、どうかしたかなカルスくん」

「ええちょっと。それよりもこれはどうしたんですか？　なんか慌ただしいようですけど」

「カルスくんはこの街がはじめてでしたな」

「ああ」

「武闘大会の予選が正式に始まるのだが、それで腕に覚えのあるもの、普段は冒険者として活動してる者達も予選に出場するのです。それで街のギルドの業務が滞りがちなのですな」

ああ、この街にも冒険者ギルドがあるんだな。

「冒険者ギルドの代わりを、期間中のみ当家が代わりに請け負い、処理しているということですな。モンスター退治とか、隊商の護衛とか。まあそういったものを」

「なるほど、それでてんやわんやしてるんですね」

「まあ、慣れたものです」

「……よかったら手伝いますよ」

提案すると、ライナスが苦笑いした。

「当家のお客様にそんな事はさせられません。どうか、ゆっくりくつろいで下さい」

そんな事言われた。まあ仕方ない。

暇だしちょっと手伝おうって思っただけだから、おれはあっさり引き下がった。

「じゃあ、おれたちは――」

近くでレベル上げをしてる、そう言おうとした時。

扉が乱暴に開かれ、一人の男が慌てて飛び込んできた。

血相を変えた様子は、ただ事じゃない様子だ。

「どうした？」

「ご、ご報告します」

男はライナスにかけよって耳打ちした。

「全滅だと!?」

耳打ちしたのにライナスは思わずそう言った。

よほど衝撃的な事だったようだ。

「ライナスさん」

「むっ」

「何かありましたか。力になれること、ないですか？」

「むっ……」

ライナスは迷った。さっきほど言い切ることはできなかった。

しばし迷って、でも首を振った。

「いや、これは当家の問題でございます。客人であるあなた方の手をわずらわせる訳には」

と、まだ強情を張ろうとした。

ま、しょうがないか。

おれたちは屋敷から出た、予定通りレベル上げに行こうと思った。

「カルス様！」

呼び止められた。

屋敷の中からシンシアが出てきた。

「わたしからお願いします。カルス様のお力、貸してください」

シンシアはまっすぐおれを見つめた。

クレアも、シャーロットも、イヴも。

三人同時におれを見た。

まあ、もともと力を貸すつもりだったし。

「話してみろ」

シンシアはぱあ、と笑顔になった。

# 30　レベル40～強敵の対価

ライナスは渋ったけど、シンシアの命令で、使用人が状況を説明してくれた。

どうやらソーサーの南にある渓谷地帯で、トーノというモンスターが現われたらしい。

トーノは渓谷に巣を作り、たくさんの子を産み、一帯を支配下においている。

話を聞くと、蟻か蜂みたいな女王と兵隊、そして働きとそれぞれ役割がきっちりわかれている生態のようだ。

それに討伐隊を送ったら、返り討ちに遭って全滅したというのだ。

そこにおれ達が向かう、四人で渓谷の入り口にやってきた。

「じゃあカルスくん、いってくるね」

「ああ」

「頑張って下さい！　センパイ！」

「お前もな」

「人間さん、ファイト」

「なんとかしよう」

三人はそれぞれの言葉を残して、散っていった。

トーノ討伐で簡単な作戦を立てた。

まずは三人が手分けして暴れまわって、女王トーノのまわりから兵隊トーノを遠ざける作戦だ。

今までの事を考えるとドラゴンのスキルで一掃すれば良いと思ったけど、どうやら女王トーノはまわりに子トーノが多ければ多いほど力が上がるという能力があるらしい。

いかにまわりから子トーノを遠ざけるかがセオリーらしいのだ。

それならばと、こういう作戦にした。

三人が散っていき、あっちこっちから戦闘の声が聞こえてきた。

「さて、行くか」

おれも出発した。

あらかじめ下調べがついてた女王トーノの居場所に向かって進んでいく。

途中で兵隊トーノと出くわした。

数は削った方がいいから、火炎の息で焼いた。

進むにつれ、抵抗が激しくなる。

兵隊トーノと働きトーノが襲ってくる。

兵隊トーノはもちろん強いけど、働きトーノもそこそこ強い。

村の洞窟にいる、ピリングスよりも数段強い。

「みんな大丈夫かな」

思わず声に出た。

一応あっちこっちから戦闘の音が聞こえてるから、大丈夫だろう。

トーノを焼きながら、先に進む。

「むっ、これか」

開けた場所に出た。

そこにでっかいトーノがいた。

今までのとあきらかに違うトーノ。フォルムは似てるけど、一回りも二回りもでっかかった。

鋭利なしっぽと翅も生えてる。見た目に禍々《まがまが》しさを感じるモンスターだ。

「これが女王か」

『なにものだ』

なんとそいつは喋った。

人間とはちょっと違う感じの声だけど、あきらかに人間の言葉で喋った。

あんな見た目なのに。

「お前がトーノの女王か」

『いかにも』

会話も通じた。

「おれはカルス・ブレット。用件は……まあ言わなくてもわかるだろ」

『こりもせず、また妾《わらわ》を討伐に来たか』

「そういうことだな」

『人間よ、なぜ妾を殺そうとする』

「なぜ？」

そういえば何故なんだろ、聞いてなかった。

聞いてないけど、気にしない。

「頼まれたからだ。それ以上でもそれ以下でもない」

『愚かな……その選択の愚かさを思い知りながら死んでゆけ』

女王トーノが攻撃をしかけてきた。

七色のドームを張った。敵攻撃力低下、味方防御力上昇のかさねがけ。

「――くっ！」

攻撃を食らった。

おれは吹っ飛んで、岩に背中からたたきつけられた。

全身に痛みが走る。異世界に転生してから食らった中で一番でかいダメージだ。

こいつ……ボス級だ。

おれは気を引き締めた。

レベル40まで積み上げてきたドラゴンと円陣術士のスキルを駆使して、女王トーノと戦った。

激戦になった。

ドームの中から息を吐きかけても、今までのように一撃では倒れない。逆にそいつが手負いの獣になって、より強い攻撃を飛ばしてくる。

何回かダメージを受けた。

ドームの体力回復じゃ追いつかないダメージだ。

龍の咆哮も使った。だけど一秒だけ、女王トーノはちょっと硬直するだけで、動きがとまるまでは行かなかった。

——強い！

「カルスくん！」

クレアがやってきた。

「クレア！」

「一緒に戦う！」

「気を付けろ！　こいつ強いぞ」

「うん！」

クレアはドームの中に入って、女王トーノに挑みかかった。

二人の同時攻撃で優位に立つ。

おれはドームを維持しながら、真・火炎の息を吐き続ける。

クレアを巻き込まない程度に炎で女王トーノを焼く。

クレアはロングソードで斬り続けた。

攻撃力が上がってもほとんどはじかれるけど、それでも斬り続けた。

「きゃあ！」

「クレア！」

攻撃を受けて、吹っ飛ばされるクレア。

「危険だから下がれ」

レベルの低いクレアはこれ以上は危険だ、だから下がらせようとしたけど。

「大丈夫、まだいける」

密かに気の強いクレアは言うことを聞かなかった。

葉っぱを取り出してむしゃむしゃしながら、更に女王トーノに飛びかかる。

次第に女王は弱っていく。動きが遅くなって、クレアの攻撃も通じるようになった。

そして――。

「はあああ！」

飛びかかったクレアのロングソードが女王の脳天に突き刺さった。

『なんと……いうことだ……』

女王は巨体を揺らして、地面に倒れた。何度かビクンビクンとけいれんした後、事切れて動かなくなった。

「ふう……」

手の甲で汗を拭った。

間違いなく、今までで一番の強敵だった。

もし毎日レベルアップしてなくて、レベルが40になってなかったら倒せなかっただろう。

ライナスが送った討伐隊が全滅したのもうなずける。

だけど倒した。

終わりさえよければすべてよしだ。

「カルスくん！」

クレアが慌てておれを呼んだ。

何故か盛大にビックリして、自分の手を見つめている。

「どうしたんだ？　どっかケガでもしたのか？　遅効性の毒とかそういうのか？」

「ううん、違うの。レベルが上がったの」

「へえ、上がったのか」

まあ、強敵だったからな、そりゃレベル上がるわな。

「毛虫がレベル10になったの」

「……へ？」

クレアの台詞に、おれも驚いて、口をアホみたいにぽかーんと開けてしまった。

# 31　レベル40～アルティメット毛虫
「毛虫10か」

「うん、それでね、毛虫がレベルマックスになったみたい」

「なんでわかる」

「毛虫が10になった後まだ上がるけど、毛虫が上がらなくて戦士のほう上がったから」

「なるほど」

状況は理解できた。

「つまり今、毛虫レベル10と、戦士レベル2の合計12か。で、毛虫はレベルマックス」

「うん」

「一気にレベルが7もあがったのか」

ちょっと驚いたけど、それもすぐに納得した。

低レベルで強い敵、特にボスクラスの敵を倒したら一気にレベルアップする事ってよくある。レベル40のおれが苦戦するほどの女王トーノにトドメを刺したら、レベルが7も一気に上がるのはむしろ当たり前の話だ。

そうか、ザコをしこしこやってないで、強敵を探しておれが弱らせてからトドメを譲れば良かったんだ。

今までは気づかなかったけど、これからはそうしよう。

「で、スキルはどうなった」

毛虫のスキルはずっと気になってた。

レベル4までずっと「むしゃむしゃ」しかなかった。それがレベルマックスまでそうなのかずっと気になってた。

クレアのレベル上げに付き合った理由の一つでもある。

「一つ新しいの覚えたよ」

「お?」

「レベル9までずっとむしゃむしゃしてたけど、10になったら一つ違うの覚えた。えっと……」

クレアは首をひねった、難しい顔をした。

「どうした?」

「これって……あっ、そっか」

ぽん、と手を叩く。アハ体験をしたときの顔だ。

「不退転、って言うんだこれ」

不退転？

なんかいきなり毛虫と関係のないスキルだな。

☆

兵隊トーノと働きトーノを一掃して、シャーロット、イヴと合流してから、ソーサーの街に戻る。

「さっきからずっと気になってた。人間さん」

でっかいメイスを引きずったイヴがまっすぐクレアをみる。

「人間さん、綺麗になった？」

「え？」

「わたしも同じ事を思ってました！」

熱い口調、いつにもまして熱い口調で話すシャーロット。

「ええ？　綺麗に？」

「うん、人間さん、綺麗になった」

「元から綺麗ですけど！　ますます綺麗になった感じです！」

おれはクレアを見た。

確かに、言われて見ると妙に綺麗になったように見える。

顔の形は変わってない、ヘアースタイルも、目や口のパーツも変わってないように見える。

全体的に前のまま、だけど綺麗になった。

綺麗になったのは間違いない、だけど理由はわからない。

おれは困った。

クレア本人も困っている。シャーロット達に言われて、自分で顔をベタベタ触って困ってる。

「カルスくんもそうおもう?」

「ああ、綺麗になってる」

「ふぇええ?　なんで?」

「……レベルアップしたから?　いやでも」

「わかりました!」

シャーロットが大声を出した。全員の視線が集まる。

「わかったって、何がわかったのシャロちゃん」

「毛虫です!　毛虫がレベルマックスになったから羽化したんです!」

「羽化……」

つぶやくクレア。

なるほど、とおれは思った。

☆

結論から言えばシャーロットの推測は正しかった。

ソーサーに戻り、ライナスとシンシアに結果を報告して、じいさんのところに戻ってきた。

「その通りじゃ。毛虫は極めると羽化する。醜い毛虫から蝶になったかのごとく美しくなる職業じゃ」

授業モードのじいさんが教えてくれた。

「ほら！　やっぱりそうですよ」

「納得」

イヴはそう言った後、口を押さえて体を震わせた。

なんか笑ってるのをこらえてるって感じだ。

「どうしたイヴ」

「人間さんなのに、羽化。ぷぷ」

なるほど、それが受けたのか。

「そもそも人間なのに毛虫だったしな」

「さすがクレアさんです！　わたしなんて人間で村人です！　普通過ぎます！」

「わたしはウサギで、レストラン」

「生き物ですらないな」

「カルスくんもドラゴンだしね」

「そういえばそうでした！　センパイもすごいです！」

「いやシャーロットもお姫様なのに村人だろ」

シャーロットは一瞬キョトンとなった。

直後に笑い出して、全員で笑い合った。

言われてみると、おれたちの職業はそういうの多いな。

なんだか面白い。

ひとしきり笑ったあと、おれはまたじいさんに質問した。

「それでウィルフ様。毛虫の最後のスキル、不退転の事をしってますか」

「うむ。あれはシンプルなスキルじゃ」

「どういうものなんですか？」

クレアが聞く。瞳が輝いてる。

ようやく使えそうなスキルを覚えて、ワクワクしてるみたいだ。

「スキルを使った後、前進中パワーがアップするのじゃ」

「前進中？」

「うむ、まっすぐ進んでる間は力があがるのじゃ。ただし曲がったり後ろに下がったりすると元に戻るから気をつけるのじゃぞい」

なるほど。

「にしても、そのスキルと毛虫になんの関係があるんだ？　むしゃむしゃしてる間パワーがあがるのならわかるんだけど」

「人間さん、ちょっとおバカ？」

イヴが呆れるように言った。

「毛虫は前にしか進めない、これ常識」

「へ？」

「そういえばそうでした！」

「そっか、そういうことなんだ」

シャーロットもクレアも立て続けに納得した。

毛虫って、前進しかできない生き物だったのか。

☆

別邸の庭に出た。クレアのスキル、不退転のテストだ。

「えっと、スキルを使って……前に進めばいいんだよね」

「そういうことみたいだ」

「じゃあ、一……二……三……」

クレアは数えながら、一歩ずつ前に進む。

けっこう緊張してるみたいだ。

「とりあえず十歩くらいで一回何かためそう。その次は二十歩、で三十歩と試していこう」

おれがアドバイスした。

「うん、わかった。八……九……じ――わっ！」

十歩歩いた所で、クレアがつまずいた。

ドンガラガッシャン！　が聞こえてくるような、頭から突っ込む盛大なずっこけかた。

が、ドンガラガッシャンは聞こえなかった。

代わりに、ドスーン！　地面が揺れる音が聞こえた。

十歩歩いて、頭から地面に突っ込んでいったクレアは。

そこに、でっかいクレーターを作りあげてしまったのだった。

「「「……おおお」」」

数秒遅れて、そこにいる全員――クレアをのぞいた全員が歓声を上げて拍手した。

「すごいぞクレア、クレーターが出来る程のずっこけを初めて見た。さすがクレアだ」

「そんな褒め方嬉しくないー」

クレアはひーん、と泣き出したが、スキルの効果そのものはとてつもなく絶大なものだった。

# 32　レベル41～最終筋肉彼女

ソーサー近くの森。今日もエンフィールド家の手伝いでここに来た。

森の中に大量のモンスターがうごめいてる。

パッと見、リンゴに見える。

しかしそのサイズはバランスボールくらいあって、目とか鼻とか口とか、そういうパーツがついて顔がある。

マッドアップル、という名前のモンスターらしい。

「シャーロット、片っ端からたおせ」

「はい！　センパイ！」

おれはシャーロットと組んでいた。七色のドームを張ってシャーロットをフォローする。

ドームの中でシャーロットがマッドアップルを倒していく。

真っ二つに割られたうちの一体が、パッと見ただのリンゴに見えた。

へたがあって、種があって、蜜がある。

試しにちょっとかじってみた――うまかった。

「何してるんですかセンパイ！」

「いやうまそうに見えたから」

「うまそうなんですか!?」

「ああ、微妙にうまい。これ炎でこんがり焼き上げればもっとうまいんじゃないのか？」

「なるほど！　やってみますか？」

「いやいい、それよりもどんどん倒せ」

「はい！」

シャーロットが言われた通りモンスターを一心不乱に倒した。

集団を片付けて、ドームを解いて森を進んで、集団と出会ってまたドームを張る。

それを繰り返した。

すると、目の前にでっかいのが現われた。

今までのと見た目はほとんど一緒、ただしサイズがでかい。

高さは人間の倍くらい、分かりやすく言うと平屋くらいのでかさのリンゴだ。

そいつの顔は大人しかった、まるで仏か菩薩《ぼさつ》かと思うくらい優しい顔だった。

「えっと……？」

いつもは熱いシャーロットが困惑した。こんな優しい顔なのに攻撃していいものかと。

が。

「きゃあ！」

シャーロットが悲鳴をあげて、横に飛び退いた。

でっかいリンゴが転がってきたのだ。

優しい顔のまま、家に匹敵するくらいの大きさのリンゴが転がってきた。

避けるのも仕方ない事。

が、避けるだけじゃないのがシャーロット。

「はあああ！」

すぐさま気合を入れて、ロングソードを振りかぶって、巨大リンゴに斬りかかった。

キーン。

何故か金属音が響いた。

シャーロットの攻撃ははじかれ、相手がダメージを受けた様子はない。

そしてまたシャーロットに向かって転がっていく。

「なんの！　まだまだ！」

キーン！

「これなら！」

キーン！

金属音の剣戟音が三回響いた。

攻撃が通じた様子はまったくない。

それどころか、リンゴの表情が豹変した。

今まで仏みたいな優しい顔だったのが、いきなり鬼のような形相になった。

「なんだこれは――うわあああ！」

鬼になったリンゴが転がり回った。

狂ったかのように、暴れ出して手当たり次第転がり回った。

めきめきめき、と木をなぎ倒しながら。

「きゃあ！」

シャーロットが吹っ飛ばされた。剣でとっさにガードしたけど、トラックにはねられたかのように吹っ飛ばされた。

「シャーロット！」

「大丈夫です！」

シャーロットが起き上がる。しかし台詞の熱さとは裏腹に膝が笑ってる。

さすがに任せるのはヤバイ、おれがやる。

と、思ったその時。

「カルスくん！　シャロちゃん！」

クレアの声が聞こえた。

二手に分かれて森の中を探索してたクレアがやってきた。

クレアが猛烈に突進してきた。

まっすぐ、まっすぐ。

リンゴに向かって一直線に突進し。

「やあああああ！」

ロングソードを振り下ろした。

ザクッ！

金属音ではなく、切り裂いた音がした。

巨大なマッドアップルは、助走をつけたクレアによって縦に真っ二つにされた。

☆

負傷したシャーロットがショートスリープに入った。森の中だけど、構わず自分の腕を枕にして寝た。

その横でおれとクレアがガードしながら会話をした。

「今のも毛虫のヤツか」

「うん」

「大分使いこなせるようになったな。スキルの効果とか、体でもうわかる様になったのか」

「うん、大体わかる様になってきた」

「そうか。例えばあの岩だとどうなんだ？」

離れたところにある岩を指した。

普通のマッドアップルと同じ、バランスボールサイズの岩だ。

「うーん、二十歩くらいかな、素手なら」

「すげえな、二十歩の助走だけであれを素手で割れるとか、最強じゃないか」

「そんな事ないよ」

「最終筋肉兵器毛虫だな」

「もう！　そんな変な名前つけないでよ」

パシ、とクレアがおれの背中を叩いた。

やめてよー、って感じの突っ込みだった。

だから油断した、普通のはたきの突っ込みって見えたから油断した。

「どわ！」

おれは吹っ飛んで、トラックにはねられたのと同じくらい吹っ飛んだ。

直進したクレアが方向転換してないから、パワーが上がったまま。

「カルスくん！　ごめん、大丈夫？」

クレアが駆け寄ってきた。

「……ちょっと痛い」

「ごめんね」

「女王トーノから喰らったのより痛い」

マジだ。

「本当にごめんなさい！」

差し出された手につかまって立ち上がる。ひょいと引っ張られて、立ち上がったはいいけどちょっとバランスを崩した。

「ああ、ごめんなさいごめんなさいごめんなさい」

クレアは横に一歩歩いた。パワーのリセットをしたみたいだ。

直進した後の毛虫のパワー恐るべし。おれはそう思った。

# 33　レベル42～無双のレベル

この日は新しいモンスターの討伐を請け負ってきた。

じめじめした森の中。

そこに大量のキノコっぽいモンスターがいる。

見た目は普通のキノコ（よく見ればちょっと卑猥なフォルムかもしれない）だけど、人間の子供くらいのサイズで、キノコなのに自分で動き回ってる。

それがわらわらと森の中でうごめいている。

そのキノコの群れを前に、クレアとイヴが向き合っている。

クレアはいつも通りのロングソード。

イヴは自前のウサミミにしっぽ、そして小柄な体に似つかわしくないでっかいメイスを持ってる。

「じゃあ、どっちが多く倒せるか勝負ね」

「人間さんには、負けない」

「わたしこそ負けないいんだから」

「人間さん、号令をお願い」

イヴがおれに言った。

彼女は誰に対しても「人間さん」って呼ぶ。

微妙なニュアンスの違いがあるけど、基本その人を見つめて話すので、呼ばれた事はすぐにわかる。

おれは頷き、言った。

「ようし、それじゃ、よーい……スタート！」

手刀で空を切った。すると二人は一斉にかけ出した。

クレアはまっすぐに直進した。

毛虫のスキルで、文字通り毛虫の如く一直線に直進した。

直進中に力が上がるから、それを使っての一点突破だ。

一直線に突破して、キノコの群れの最外周をでたら急ブレーキして、引き返してまた一直線に突進する。

一方、イヴはメイスを担いでぴょんぴょん跳ねた。

森の中を軽やかに飛び回って、メイスをドスンドスンと振り下ろした。

めちゃくちゃな光景だ。飛び回る姿は小動物チック、しかしメイスを振り下ろす勢いはオーガかギガンテスのような迫力がある。

二人は自分の一番得意なスタイルでキノコを葬っていく。

おれはそれを観戦する。もはや七色のドームを出すまでもない、完全な観戦モードだ。

「お待たせしましたセンパイ！　ジュースです！」

そこにシャーロットがやってきた。

王女で、職業村人で、おれの子分感覚でパシリをしてる。

黙ってれば上品で綺麗なシャーロットはおれにジュースを差し出した。

受け取って、飲む。

「良い感じにぬるいな」

「はい！　今日はちょっとぬるめの方がいいと思ったので懐で温めてきました！」

「懐で……」

ジュースをまじまじと見た。

おれからすると普通に適温でうまいだけだが、これってもしかしてかなりの人にとってご褒美なんじゃないのか？

「クレア先輩達！　良い感じですね！」

「そうだな。ちなみに倒した数で競争してる。シャーロットはどっちが勝つと思う？」

ジュースを飲みながら聞く。

シャーロットはまじまじと見つめて、観察してから答えた。

「イヴの方が勝つと思います！　クレアセンパイもイヴも一撃必殺だけどイヴはたまに振り下ろしてキノコをまとめてつぶしてますから！」

「おれもそう思う。あとは経験だな。クレアの攻撃はたまに浅い。実は全部一撃で倒せてないんだ」

「そうなんですか!?　……あっ、本当です」

言ったそばからそれが起きた。

突進するクレアの攻撃が速すぎて、届かないうちに振り切って、キノコを浅く斬りつけただけで終わった。

もちろん突進は続けてるから、その次の攻撃で両断したが。

「今のところイヴが勝ってるな」

「はい！」

「お前も行ってくるか?」

シャーロットはまた戦況を見つめて、それから答えた。

「いえ！　今回はいいです！　クレアセンパイもイヴも楽しそうですから！」

「それもそうだな」

シャーロットが言うように、二人は遠目からでも楽しそうに見える。

キノコの群れを一直線に、そして飛び回って引き裂いていく二人。

表情は笑顔だ。

「イヴちゃん、今いくつ?」

「87、人間さんは?」

「62、まだまだ行くよ」

途中でばったり遭遇して、途中経過を確認し合う。

それでまた二手に分かれて、それぞれキノコ相手に無双する。

それを見守る、シャーロットと二人でじっと見守る。

キノコの数が一向に減ってないように見えた。

倒しても倒しても、次から次へと湧いて出る。

元から多いのか、それともモンスター的にどっかで増殖してるのか。

それはわからないけど、数百って単位で倒しても数は減ってない。

「ライナスは百人単位での討伐隊を編制しようとしてたっけ」

「はい! それくらい必要って言ってました!」

「この数ならそうだろうな。モンスター退治というよりはちょっとした戦争になってるぞ」

「はい! クレア先輩とイヴ、二人ともすごいです!」

大軍相手だけど、むしろ押してる二人。

それを更に見守った。

途中で飲み物が切れたから、それを見てうずうずするシャーロットをもう一回パシらせた。

おれがパシらせると喜ぶんだよな。色々と奇特なヤツだ。

「はあ、はあ……疲れた」

クレアが戻ってきた。一直線に突進して、キノコの群れを引き裂いて戻ってきた。

膝に手をついて、息切れしてる。

ケガはしてないけど、かなり疲れたみたいだ。

「人間さん、だらしない」

イヴも戻ってきた。メイスを担いでぴょんぴょん戻ってきた。

こっちはいつもと同じテンションと口調だけど、よく見たら跳ねる高さが落ちてて、顔にも疲れが出てる。

二人とも、疲労がたまってるみたいだ。

「どれくらい殺《や》れた？」

「わたしは３９９」

「人間さんに勝った、５２０」

「すごいです二人とも！」

「それだけ倒したのにまったく減ってないようにみえるな」

おれはそう言って、キノコの群れを見た。

戦闘開始直後に比べて、数が全然減ってない、むしろわずかに増えてるくらいだ。

「もう疲れた……いったん出直そう？」

「人間さんに賛成」

二人は弱音を吐いた。

「じゃあ帰りましょう！　一日休んでまた明日来ましょう！」

シャーロットが提案する、おれはそれを却下する。

「いや、今日の事は今日中に終わらせよう」

「ええ、でも……」

「ま、見てな」

おれは三人の女をおいて、キノコどもに向かっていった。

キノコもおれを目標に定めて、向かってくる。

「月のユリカゴ、賢人コハク」

二色のドームを張る、攻撃力アップに特化した二色だ。

「真・火炎の息」

息を深く吸い込んで、吐く。

轟炎が渦巻き、キノコをまとめて焼き払う。

そこにいたキノコらが一撃でまとめて吹き飛ばされた。

「さて、これで――」
終わりかな、って思ったけど、奥から新しいキノコが湧いて出てきた。
やっぱりどっかで増殖してるみたいだ。
「そこで待ってろ」
みんなにそう言って、火炎の息を吐きつつ、森の奥に進む。
倒しつつ先に進む。
かなり奥までくると、そこに二回りくらいでっかい、雷を纏ってるキノコがいた。
でっかいキノコから小さいキノコが生まれる。
かなりのハイペースで生み続けてる。
クレアとイヴだけじゃ、殲滅《せんめつ》するのに間に合わないペースだ。
出くわした途端、そいつは狂ったかのように更にハイペースで増殖した。
ポポポポポ――と、一秒に一体のペースで増える。
増殖したそばから、おれに襲いかかってくる。
月のユリカゴ、賢人コハク、そして真・火炎の息。
同じコンボで、今度はでっかいヤツも焼き払った。
そして、悠々と三人のところに戻る。
ざっと1000体以上のキノコを焼き尽くして凱旋したおれを。

「すごいです！」

「わあ、さすがカルスくん」

「人間さん、化けもの」

三人がそれぞれの言葉で出迎えた。

# 巻末書き下ろし　レベル45～賢者の教室

ソーサーの街が予選をしている間、おれたちは戦い続けていた。

普段ならギルドが請け負う冒険者の依頼を代わりに受け、あっちこっちに転戦した。

今日も、ライナスのところに四人揃ってやってきた。

「よく来てくれた」

ライナスは見るからにほっとした。

よく見れば顔に深い疲れの色がある。

「何かあったのか」

「ええ、まあ……」

歯切れが悪い、どうしたんだろう。

しばらく待ってると、ライナスが語り出す。

「実は、全滅したのです」

「全滅」

「ええ、昨日新しいモンスターが現われたという知らせがあって、威力偵察のために部下を送ったのですが」

「それが全滅したというのか」

「はい……」

「で、詳細は？」

「それがまったくわからないのです。誰も情報を持って帰れなかったから」

「そうか」

なんだか聞き覚えのある話だ。

一ヶ月くらい前にゴルドンで経験したあれと一緒だな。

遺跡にあたらしい階がみつかった。その偵察にかり出された冒険者が戻ってこない。

未知のものをどうにかするためには、何があっても対処出来るほどの実力者じゃないといけない。

あの時はおれ達だった。今回も、まあおれ達だろう。

「場所はわかってるのか？」

「はい……引き受けてくださるのですか」

「ああ。昨日までと同じだろ」

振り向き、みんなに聞く。

「なあ」

「もちろんです！　センパイの言うとおりです！」

「わたしも少しは役に立てるようになったし」

「毛虫さん、わたしより強い」

クレア、シャーロット、イヴの三人が答えた。

ここしばらくあっちこっちの任務にかり出されていたため、全員にそれなりの自信がついている。

今度はライナスの方をむく。

「というわけだ。そもそもどうにかしないといけないんだろ」

「それはそうですが」

「ならおれ達にまかせろ。未知の相手は慣れてるんだ」

☆

クレアとシャーロットが森の中を歩いていた。

クレアの提案で、三手にわかれての行動だ。

カルスとイヴはそれぞれ単独で、クレアとシャーロットがコンビを組む。

今までもよくあった組み合わせだ。

二人は森の中を慎重に進みながらそれを探す。

「そういえば！　クレアセンパイは噂を聞いてますか！」

「噂って、どんな？」

「わたし達のことです！　賢者の教室は最近すっごく噂になってるんですよ！　どんなに難しい任務でも解決しちゃう謎の傭兵集団だって！」

「わあ……」

「ちょっと照れますよね！」

シャーロットは自分が言った通りの照れ笑いをした。

素は美人だが、喜怒哀楽が激しいため、どちらかというと綺麗というよりは、こういう屈託のない笑顔は可愛くみえるタイプだ。

「そんな噂がたってるんだ……」

「はい！　嬉しいですよねクレアセンパイ！」

「うん」

クレアは目を細めて、頷いた。

「ほとんどセンパイのおかげなんですけどね！」

熱さのままそういって、あはは、と頭を掻いて笑うシャーロット。

「うん、それも同感」

頷くクレア、彼女はしみじみと言った。

「わたし、みんなと会えて良かった」

「みんな？　センパイとじゃないんですか？」

「そうね、カルスくんと出会えたのが一番。カルスくんと出会えたから、みんなとも一緒にいられるんだもんね」

「センパイ……」

驚くシャーロット。

クレアの口調が今までにない、しみじみとした……何か切ない感情が漏れたものだと気づいたからだ。

どうしてそうなのかと、真顔で見つめる。

見つめられたクレアが薄い笑みを浮かべたまま答える。

「わたしね、今までずっと一人だったの。子供の時からずっと。友達とかいなかった」

「どうしてなんですか？」

「体が弱くてずっと部屋の中にいたの。たまに外に出ても、手の甲に砂を乗せる遊びくらいしかしなくて。二十歳まで生きられないかも、っていわれてたし」

「じゃ、じゃあ――」

「あっ、今は元気だよ。神様のおかげ」

クレアは小さくガッツポーズした。

ここにカルスがいたら「むしゃむしゃのおかげか」と突っ込んでいただろうが、シャーロットは素直に喜んだ。

（確かにむしゃむしゃのおかげだけどね）

クレアは苦笑いしつつ、いった。

「だから同年代の人とほとんど関わりなかったの。村に同い年の子が何人いるのか、どんな人なのかも全然。だからいまは幸せ」

微笑んでシャーロットを見つめる。

「みんなと出会ってからはずっと幸せ。カルスくんにシャロちゃん、それにイヴちゃん。大切な仲間ができたんだから。だからカルスくんにはものすごく感謝してる」

「――はい！」

一転して明るい笑顔になるシャーロット。

この切り替えの速さが彼女の一番の魅力だといえる。

「それならどうして手分けしてって提案したんですか！　みんなで一緒に探索した方がいいじゃないですか！」

「逆よ。もちろん一緒にいるのも信頼の証しだけど、こんな風に手分けした方が信頼されてるって思わない？」

「そう言われると！　はい！　思います！」

こくこくと頷くシャーロット。

にこりと微笑むクレア。

「わたし、ちょっと前までカルスくんにおんぶにだっこだったしね。七色のドームを出してもらって――養殖されてたじゃない。だから今日みたいに手分けできるのが嬉しいな。しかも――こんな正体不明の強敵の時に手分けできるなんて」

「たしかに！」

シャーロットがコクコクと、首がちぎれそうな勢いで頷いた。

「それじゃわたしも頑張らないとですね！」

「え、何を？」

「だってこの分け方！　クレアセンパイがセンパイのポジションじゃないですか！　強くなったクレアセンパイがわたしを助けて育てる感じで」

「そうかな」

そこまでではないとクレアは思う。

だけどシャーロットは本気でそう思ってるみたいだ。

かつてはカルス、イヴ、シャーロット、クレアの順番だった強さが、今は下の二人が逆転してると、当のシャーロットは思ってるみたいだ。

そう思うが、嫉妬も落ち込みもないのがシャーロットという少女。

　彼女はますます熱くなって、将来を語った。

「わたしも頑張って！　もっと強くなって——そうですね！　四手にわかれるくらい強くならなくっちゃ！」

「——っ！」

　はっとするクレア。

　立ち止まって、シャーロットの手をとった。

「シャロちゃんさすが、そういうことなのよ！」

「そういうことですよね！」

「わたしももっと強くならなきゃ、今よりずっとずっと」

「はい！　わたしも！　今回みたいな時は『だれが最初に倒すのか競争な』ってセンパイに言ってもらえるくらい強くなります！」

「うん！」

　ますます大喜びするクレア。

　シャーロットが言ったそれは彼女の胸にすっと入ってきた。

「この前クレアセンパイとイヴがした競争を、いつかみんなで——センパイともできるようになりたいです！」

「うん！」

子供時代のちょっとしたトラウマ、そこから生まれた願い、そしてそれを完全に理解してビジョンを示してくれた「仲間」。

「わたし、シャロちゃんと出会えて良かった」

「わたしもです！」

改めて仲間と友情を誓い合い、信頼を深めた二人。

二人は更にすすんだ。そして、二人の前にモンスターが現われた。

遠目にはクマだが、よく見れば頭が三つに腕が六本で、ただの熊ではない。

「あれ、じゃないよね」

「はい！　あれはアシュラグマ！　よく知られてるモンスターです！」

「シャロちゃんは会った事あるの？」

「あります！　すごく強くて何回も死にかけました！」

「そんなに」

クレアは少し考えて、それからシャーロットに言った。

「わたしが先に行くね、攻撃はシャロちゃんが」

「えっ！　それはクレアセンパイの方が」

「いくよ！」

クレアは突進をはじめた。

剣を抜かないまま一直線に。

不退転。

毛虫レベル10で覚えたスキル。直進すればするほどパワーが上がっていくスキル。

クレアはまっすぐ直進して、アシュラグマに飛びかかった。

両腕を広げて、がっちりホールドする。

「くっ……つ、つよい」

アシュラグマが抵抗する、パワーは互角、ホールドするクレアと剝がそうとするアシュラグマのパワーは互角だった。

が、それは現時点の話。

クレアはホールドしたまま地面を強く踏み込んだ。

その体勢のまま、前に進もうとする。

まるで相撲だ。相撲の寄りのようだ。

最初は全力を振りしぼってようやく一歩進めた。

その一歩はしかし、大きな一歩である。

まっすぐ進む事ができ、クレアのパワーが更に上がる。

進めば上がる、上がった分更に進める。

加速的に状況は変わり、クレアは完全にアシュラグマをがっちり抱きしめ、普通の歩きで進められるようになった。

それは、完全拘束を意味する。

「シャロちゃん」

首だけ振り向き、背後のシャーロットに呼びかける。

「さすがクレアセンパイ！」

シャーロットはそう言って、剣を抜いてアシュラグマに斬りつけた。

がっちりと動きを止めたアシュラグマはなすすべなくシャーロットによって倒された。

「ちょっとはカルスくんみたいな事ができたかな」

クレアははにかんだ笑顔をした。

養殖。

強い人間が弱い人間の手伝いをしてレベルを上げさせること。

今まではカルスが彼女達にしてきた。

今は、クレアがシャーロットにしている。

「ありがとうございますクレアセンパイ！」

「はやく強くなろうね」

「はい！」

二人は探索を続けた。

モンスターが出る度にクレアが助走をつけた拘束をして、それをシャーロットが倒していく。

シンプルな戦法だが、かなりの効果があった。

いつしか二人の間から言葉がなくなった。

代わりにアイコンタクトがされるようになった。

仲間として一つ先の領域に踏み込むようなそれは、二人に大きな満足感を与えた。

「あれ？　ねえシャロちゃん、あれ見た事ある？」

「……ありません！」

シャーロットが答えて、二人は顔を引き締めた。

外見は人間型のモンスターだ。

体は浅黒く、頭のてっぺんに一本角が生えている。

もしカルスがいれば「鬼」と感想を持ったであろうモンスター。

そのモンスターは知性を感じさせない動きで、クレア達に向かってくる。

本命、そんな言葉が同時に二人の頭をよぎった。

アイコンタクトをとる。

慎重に行こう、二人は同時にそう思った。

クレアはいったん下がってから前進を開始した。

今までに比べて倍以上の助走をつけて鬼のようなモンスターに飛びつく。

がっちりとホールドする。抵抗はあるが、さほどでもない。

横からシャーロットが飛び込んできた。

戦い慣れている彼女は拘束成功とみるやすぐに攻撃をしかけたのだ。

しかし……その攻撃は効果がなかった。

剣がはじかれ、モンスターに通用しない。

「手応えがない――どういうこと!?」

「もっとやって」

「はい!」

シャーロットは愛用の長剣でどんどん斬りつけた。

しかしやはり手応えがない。斬ってるのに斬れた手応えがない。

まるであたった瞬間全ての衝撃が吸い取られた、そんな感触。

「離れてシャロちゃん」

「はい!」

シャーロットが離れた。彼女が待避したのを確認してから、クレアも大きく飛び下がって距離をとった。

そして、助走。

距離をとって毛虫の前進をしながら今度は剣を抜いた。

上がりきったパワーを剣に乗せてたたきつける。

袈裟懸けに、斜め上から切り下ろす。

ざしゅっ！

「やった！」

「きゃあああ！」

快哉《かいさい》をあげるクレアと、悲鳴を上げたシャーロット。

離れている場所にいるシャーロットの腕から血が噴き出している。

まるで、斜め上から切り下ろされたかのように。

「どうしたのシャロちゃん！」

「わかりません！　クレアセンパイが攻撃した瞬間――ぐっ！」

傷口を押さえて、がくっと膝をつくシャーロット。

「まさか――」

クレアの表情が変わった。

クレアの目には、シャーロットのケガが自分がやったもののようにみえた。

クレアが「不退転」でパワーを上げきった後の攻撃パターンはそこまで多くない。

真上から切り下ろすか、袈裟懸けに斬るか、下から払い上げるか。

シャーロットのそれは、袈裟懸けの時とほぼ同じ。

自分がやった——とクレアの目に映った。

「あのモンスターに攻撃すると……シャロちゃんも？」

彼女は現状から、ほぼ正解にたどりついた。

このモンスターの特殊能力は二つ、一つは一定以下のダメージを完全に吸収する事。

もう一つはそのラインを超えたダメージを反射する事だ。

反射する相手はパーティーを組んでいればパーティーの誰かに、単独なら本人に跳ね返る。

最後の「本人に」というのはクレアにはわからないが、他は理解できた。

「それが本当なら……シャロちゃん！」

「は、はい！」

「離れよう！　このモンスターは一緒に戦っちゃダメ」

「わ、わかりました！」

クレアとシャーロットが分かれた。

するとモンスターが二体に分裂した。

一回り小さくなって、しかしフォルムはまったく同じ。

そんな風に分身して、クレアとシャーロットを追いかけた。

「なんて事……」

クレアは悔しかった。涙が出そうになった。

ついさっきまで、一緒に戦おうと誓い合ったばかりなのに。

なのに、分かれることを余儀なくされるなんて。

「こんなの、こんなのって……」

本当に、涙がでそうになるくらい悔しかった。

悔しいが、今はまず離れなきゃだ。シャーロットと距離をとらなきゃ。

そんな思いを抱きながら走っていると。

「イヴちゃん！」

走って行った先にイヴの姿があった。

イヴは倒れている、その横に同じ——鬼のようなモンスターが今まさに襲いかからんとしていた。

仲間が襲われてる！

クレアは反射的に更に突進し、剣を振りかぶった。

「ダメッ！」

振り下ろす直前で気づいて、剣を投げ捨てた。

ここで斬ってしまったらイヴにダメージが行く。

ここまでずっと直進してきた。

パワーはさっきに比べて数倍上がっている。

両断することができるかも知れない、しかしそれによってイヴも真っ二つにされてしまう。

とっさにそれに気づいて剣を投げ捨てて、イヴからモンスターを剝がして、救出した。

「イヴちゃん大丈夫!?」

抱き上げて聞く。

「気をつけて、毛虫さん。あれ、ダメージを反射する」

「えっ、じゃあ一人の時は自分に!?」

素で高い攻撃力を誇るイヴは遭遇し、攻撃し、反射してきた自分の攻撃にやられたみたいだ。

「そんな……ううん、とにかく今は逃げよう」

悩むよりもまず動こう。

クレアはイヴを抱き上げて走り出した。

クレアの「不退転」はパワーはあがるが、スピードは上がらない。

一方、追いついてきた二体のモンスターはなんと溶け合うように一体に合体し、スピードを上げて追いかけてきた。

速度は、クレアの方がやや負けている。このままだと追いつかれそうだ。

「毛虫さん……わたしを置いてにげて」

「だめ！」

それはクレアにとって出来ない事。

傷付いた仲間を、ようやく出会えた仲間を見捨てて逃げる事など出来るはずがない。

ただでさえ誓いが破られたばかりなのに、その上置いていくことなどできない。
だからクレアはイヴを抱いたまま逃げた、とにかくにげた。
「あっ――」
森をぬけて開けた場所に出た。
が、そこには絶望しかなかった。
そこは湖だ、左右の端が見えない、向こう岸も見えない。
波までも発生するほどの湖。
そこにクレア達は追い詰められた。
背水の陣、ただし攻撃する事ができない背水の陣《ぜつぼう》。
モンスターが追いかけてくる。
じりじりと、おいつめてくる。
クレアはイヴを下ろして背中にかくまった。
「どうしよう……どうしよう……」
逃げる場所がない。
イヴを放り出して自分だけ逃げる事もできない。
戦闘はイヴが更に傷つくからできない。
何もできない。

「うぅ……」

クレアは涙目になった。

すっかり弱気な顔になった。

「毛虫さんだけでも……逃げて」

「やだ」

「でも……」

「やだやだやだ！　一人だけ逃げるのはやだ！　もう一人になるのはやだ！」

「毛虫さん……」

「こんなの、こんなのなんて！」

クレアは飛び出した。攻撃できないのならせめてさっきみたいに拘束しよう。

そう思って突っ込んでいったが、距離《じよそう》が足りなかった。

パワーは上がりきらず、逆につかまった。

摑み上げられる、足が宙に浮き、ばたばたしてしまう。

解くこともできない、直進することもできない。

なにも、できない。

イヴが後ろで眉をしかめた。

彼女も何もできない。

自分を助けたクレアを見捨てることはできない。かといって今攻撃したらクレアが傷ついてしまう。

クレア、そしてイヴ。

二人とも何もできなかった。

クレアには悔し涙が、イヴの口元からは下唇を噛んで出た血が。

絶体絶命。

まさしくそんな状況の中。

「ここにいたのか」

カルスが現われた。

ゆっくりと、平然と歩いて。

ピンチがすっ飛び、勝利の未来だけを想像させる様な平然とした歩きで二人の背後から現われた。

瞬間、二人の表情が反転した。

☆

「ここにいたのか」

クレアとイヴ、そして見慣れないヤツがいた。

黒い体に角、何となく鬼みたいなヤツだ。これで腰布だけ巻いて金棒でも持ってたらまんまだ。

そいつにクレアがつかまってる。

「おいオニ野郎」

そいつがおれを見た。

注意がこっちを向いたからか、クレアが下ろされ、足が地面についた。

「――っ！　やあああああ！」

クレアが踏み込む、つかまったまま進む。

毛虫の奥義《おうぎ》――不退転。

直進でパワーが上がりきったところでそいつの拘束を振り切って、飛び退いて離れた。

反応が速い――と感心する暇もなく。

おれはクレアとイヴがケガしてる事に気づいた。

二人ともかなりの大ケガだ。

……怒りが腹の底から沸きあがってきた。

「二人とも大丈夫か」

「うん、大丈夫」

「なんとか」

ケガしてるけど、致命的なものじゃないみたいだ。

「クレア、動けるな」

「うん」

「イヴを担いで逃げろ、ここはおれがやる」

「――うん！」

満面の笑みでイヴを担いで逃げ出した。

「人間さん、どうして――？」

「カルスくんなら大丈夫、絶対」

声が聞こえて、その声が遠ざかっていく。

信用してくれるのは嬉しいな。……なら、その信用に応えないと。

あらためて鬼の方を向いた。

「よくもやってくれたな」

怒りが膨らみ上がっていく。

一方で頭は冷静なままだ。

クレアとイヴの両方を負傷させるほど強いヤツだ、慎重に――最強の攻撃パターンでやろう。

息を吸い込んで――龍の咆哮。

轟音が響き、森がざわつく。

そいつの動きは止まった。見るからに硬直した。

よし、次は真・火炎の息を――。
「なっ、なんだこれは……」
炎を吐こうとしたけど動けなかった。
全身が固まってしまったかのように、指一本も動かせない。
これは――咆哮にかかったヤツと同じ現象？
攻撃反射か！
双方が硬直する――が。
向こうが先に動き出した！
腕を振りかぶって、かぎ爪にした手でえぐりつけようとしてくる。
螺旋のアオバは張ってない――やられる！
拳が目の前に飛んできた瞬間――硬直がきれた。
すんでのところで躱す、後ろにジャンプして皮一枚で躱す。
服が裂かれて、胸からつー、と血が垂れた。
危なかった。本当に危なかった。
硬直が切れるのがもうちょっと遅かったらやられてたかもしれない。
おれは改めて鬼に向き直った。
攻略方法を考える。まずは、本当に攻撃反射なのか試そうと思った。

距離をとって、七色のドームを張って――弱めの攻撃を放つ。

おれの中で最弱の攻撃スキル、実戦でほとんど使った事のないニンジャの手裏剣を投げつけた。

うなりを上げて飛んでいく手裏剣。

ザクッ、と突き刺さった。

プシュッ、おれの腕から血が噴き出した。

同じ箇所だ。

本当にダメージ反射だった。

「……やっかいだな」

声に出してしまうくらいやっかいな状況だった。

倒すのはそこまで難しくないはずだ。龍の咆哮が効く以上他の攻撃スキルも効くはずだ。

ドームの中、攻撃力アップの陣の中にいれば一撃で吹っ飛ばせるはず。

だけど、それが反射してきたら？

想像しただけでぞっとした。

なまじ威力を知っているからぞっとした。

陣の中でのブレス……真ブレスの威力は絶大だ。

館を吹き飛ばしたり、数々の敵を跡形もなく消し飛ばす程の威力。

その威力が自分に跳ね返ってきたら？

間違いなくおれも吹っ飛ぶ。
自分の体力よりも攻撃力の方が高いっていう自信はある。
この場合……どうすりゃいいんだ？
考えてるうちに攻撃が飛んできた。
鬼の爪が空気を裂いて飛んでくる。
必死に飛び退けてそれを避ける――が。
避けるのを予想していたのか、爪のあとにおれが飛んだ先にパンチが飛んできた。
それを体でもろに受けて、吹っ飛ばされる。
地面にバウンドして、転がって、ようやく勢いが止まる。
手をついて立ち上がる。
ぎりぎりで螺旋のアオバ《防御力上昇》を張ったおかげでダメージは少なかった。
大体足の小指をぶつけた程度の痛みですんだ。
しかし吹っ飛ばされた、陣の外に。
さらに攻撃が飛んでくる。そいつが突進してくる。
まずい、あたる。
攻撃を止めなきゃ、龍の咆――。
やりかけて、思いとどまる。

針子のネネを張りなおしてから、龍の咆哮をつかった。

ピンク色のドームの中での龍の咆哮。

相手が硬直した、こっちも硬直した。

一色陣の中、双方が硬直する。

しばらくして、さっきと同じように向こうが先に動き出した。

攻撃が続く――が、遅い。

針子のネネ《敵速度低下》のおかげで攻撃が遅くなった。

その間おれも硬直から脱して、反射のせいでこっちまで速度が下がってるけど、動き出すまでの時間を稼げたから、なんとか攻撃をかわせた。

大きく飛び退いて距離をとった。

とっさに何とかしてピンチをしのいだが、根本的な解決には至らない。

攻撃反射のせいでダメージを与えられないのは同じだ。

反撃の方法を考えながら攻撃を避ける。

じりじりと下がる。

「センパイ」

背後からシャーロットの声が聞こえた。

ちらっと見る、シャーロットはおれと戦っているヤツと同じヤツに追われている。

サイズがちょっと違う。こっちがちょっと大きくて、向こうがミニチュアサイズだ。

「大丈夫かシャーロット」

「はい、大丈夫です」

そういうが、あまり大丈夫に聞こえない。

あっちこっちケガしてるし、何よりも声にいつもの力がない。

そいつがやったのか、それともダメージ反射か。

どっちにしろ、むかつく。

シャーロットに飛びついて、彼女を抱き上げて一目散に逃げ出した。

追ってくるそいつは合体して、一体の大きいヤツになった。

合体するのか。

「センパイ、わたしから離れて下さい」

シャーロットの口調は普段より大分弱々しかった。

「離れる？　なんでだ」

「あいつ、攻撃を仲間に反射するんです」

「仲間？　自分にじゃなくてか？」

「仲間がいるときは仲間にです。この傷、クレアセンパイがあいつに攻撃したのがわたしに」

「……は？」

「ですから、クレアセンパイが――」

「なんだそれは」

頭の中で何かが切れる音がした。

クレアの攻撃を、シャーロットに？

あんなに仲が良い二人、そのクレアの攻撃をシャーロットに？

目の前が赤くなった。

おれは立ち止まった、シャーロットを下ろした。

「センパイ？」

「……シャーロット、みんなはあっちに逃げた」

クレアとイヴが逃げていった方向を指す。

「お前もいけ」

「でも、センパイは？」

「いけ」

強めに言った。おれの剣幕にシャーロットはびくっとした。

体がわずかにのけぞって、怯えた顔をする。

が、おれの怒りが鬼に向けられてることにやがて気づき、ちょっとだけほっとした。

「わかりました。センパイ気をつけて」

気を取り直したシャーロットはおれがさした方向にむかって走り出した。

尻目にそれを見る、ますます怒りが沸き上がってくる。

走る姿にもいつもの覇気がない。

喜んでパシる、パッと行ってパッと戻ってくるあの風の様な動きじゃない。

ダメージ。

クレアからの不本意なダメージ。

怒りがますます膨らみ上がる。

その間、鬼が追いついてきた。

「全員を逃がしたか」

なんと、そいつは喋った。

今まで一度も喋らなかったのが、知性を感じさせる口調で喋り出した。

「喋れたのかお前」

「分身体が全部一つにもどったのでな」

「……ふん」

そういうことか、しかしそれはどうでもいい。

今は落とし前をつけさせてもらう時だ。

「我の名はモードドレッド、第六の使徒モードドレッド」

「……」

「長きにわたって封印されてきたが、ようやくそれも解けた。今は人間を喰らって元の力を——」

「だまれ」

怒りにまかせて龍の咆哮を放った。

怒りがのった咆哮、大地すら震撼する咆哮。

おれもモードレッドも動けなくなった。

森さえも静かになった。範囲内の全ての生き物が動きを止めたかのように。

そいつが先に動き出した。ちょっと遅れて反射されたおれも動ける様になった。

「ご託を聞くつもりはない」

「傲慢だぞ、少年」

「存在が罪だ、生ゴミ」

モードレッドは目を見開く、怒りに震える。

怒りのまま笑って言う。

「面白い、我にそのような口をきく人間がいようとはな。このモードレッド、封印中にすっかり人間に忘れ去られたと見える」

知るか。

「良かろう。ならば少年から血祭りに上げてやる——いや」

モードレッドはにやりと笑った。

「少年を殺すのは最後だ。四肢をもいだあと、その前でまずあの少女らを喰らってやるわ」

「……やれるもんならやってみろ」

「やるともさ」

にらみあって——戦闘が再開された。

怒りは極限に高まっていた。

一方で、頭のどこかで冷静だった。

さっき以上に冷静だった。

怒りと反比例して冷静になるタイプの人間だおれは。

それで思う。こいつの能力を。

攻撃すると本人に同じダメージが反射してくる、まわりに仲間がいるとそのダメージが代わりに仲間に行く。

そういうやっかいな能力だ。

おそらく実際に討伐するのは難しくない。

「死んでも構わない人間」をまわりに並べてがしがし攻撃するだけでいい。

おれたちにとって最悪の相手だけど、そこまで凶悪な能力ではない。

そして、おれにとっても——おれだけなら、そこまで最悪な攻撃ではない。

「様子見したのがよかったな」

手裏剣を投げたから、それを思い出せた。

今まで一度も実戦で使った事がない、より深く記憶の底に沈んでいたニンジャのスキル。

分身の術。

手裏剣生成をつかって、その上冷静になったから思い出せた。

爪が飛んできた、螺旋のアオバをだしつつ受け止めた。

切り裂かれなかったが、勢いで吹っ飛ばされた。

「どうした少年、我の動きを止めないのか」

地面に転がって、さっと立ち上がる。

口から流れる血を手の甲で拭う。

「これで良い」

「なに」

「このダメージを……倍にして返すからな」

宣言した。

月のユリカゴ、賢人コハクをつかった。攻撃力がアップする。

そして分身の術を――いや。

おれは思いとどまった。

相手は自分の能力を知っている、ならばただ分身の術を出しただけじゃ狙いを気づかれるかもしれない。

だからまず煙遁の術を使った。辺りに一体に煙がもくもくと立ち上る。

「目くらましのつもりか、しかし無意味だ少年」

「……」

問答に付き合うつもりはない、煙遁の術は五秒しかない。

分身の術を使った。

煙の中に分身が出現する。

これで――準備が整った。

息を吸い込んで、今、おれの中で一番攻撃力の高いスキルを使う。

真・火炎の息。

ドラゴン《おれ》の口から放たれた轟炎はユリカゴ・コハクで威力が膨らみ上がる。

辺り一帯を――森そのものを焼き尽くすほどの大火炎に変わる。

炎のヘビがモードドレッドを呑み込む。

「バ――」

顔に驚愕の色がみえた、これまでのおれから想像できなかった圧倒的な炎に驚愕した様子。

が、その言葉が最後まで紡がれる事はなかった。

次の瞬間、モードレッドはおれの分身と共に消滅した。

「……まずった」

ちょっと後悔した。

「じっくりいたぶって、みんながやられた分を攻撃するべきだった」

怒りの最中、完全に冷静になりきれてなかったとおれは反省した。

☆

「カルスくん！」

「センパイ！」

戦いが終わって、みんなと合流した。

クレアとシャーロットはケガが治っていた。

おそらくクレアは葉っぱをむしゃむしゃして、シャーロットはショートスリープで治したんだろう。

一方でクレアが米俵のように担いでるイヴはケガしたままだ。

「クレア、イヴをこの中に」

「うん！」

治癒効果のある大君のサクラを張って、イヴを中に入れた。

「ありがとう、人間さん……」

「いいから休んでろ」

「うん」

イヴは言われたとおり、ドームの中でウサギ座りをした。

「イヴちゃん、地べただけど大丈夫？」

「大丈夫、ウサギだもの」

「わかります！　わたしもこのポーズが一番しっくりきます！」

シャーロットはいつもの熱さでいって、水のように流れる仕草で地面に寝そべった。ショートスリープの格好だ。

「そ、そうなんだ」

クレアが納得する。

「クレアだって『むしゃむしゃしてるけど大丈夫』って聞かれたら大丈夫って答えるもんな」

「わ、わたしは今関係ないでしょ！」

顔を真っ赤にして抗議した。

そんなやりとりをしてるうちに、イヴが静かに寝息を立てはじめた。

それをみてほっとしてから、クレアとシャーロットに改めて聞く。

「二人は大丈夫なのか？」

「うん」

「大丈夫です！」

「そうか」

「それよりも！　センパイすごいです！　あれを倒すなんて」

シャーロットがいつにもまして、キラキラ目でおれを見た。

尊敬しきった子分の目だ。

「それはそうだよ、だってカルスくんだもん」

「はい！　わたし達も頑張って強くなって！　いつかセンパイと競えるようになりましょう！」

「うん、なろう。大変だけどね」

「大変なのがいいんです！」

「そうだね！」

励まし合うクレアとシャーロット。

「なんの話をしてるんだお前達は」

「うーんと、そうね、一言で言うと」

「センパイは思った以上にすごすぎるって話です」

「いや一言でまとめすぎ」

何もわからない。

けど、すぐにどうでも良くなった。

クレア、シャーロット、イブの三人が尊敬の目でおれを見るから。

前以上に感じるくらい、尊敬しきった目でおれをみたから。

何よりみんな無事だったから。

それで何もかも良くなった。


全員で出てきて、敵を倒して、無事に全員で家に帰る。

今までとまったく同じで、何ら変わりのない一日。

賢者の教室の一日は、結果だけ見ればなんら変わりない、平常運転で素敵な一日だった。

# あとがき

皆様初めまして、台湾人ライトノベル作家の三木なずなです。

『賢者の教室～出席するだけでレベルアップ』を手に取っていただきありがとうございます。

本作のコンセプトはずばり！　「出席するだけでレベルアップ」です。

ゲームをよくプレイする方はご存じのように、レベルというのは大抵最初のころはガンガンあがるものの、中盤から徐々に厳しくなり、最後の方になるともはや苦行！　となってしまうものです。

その厳しさはできるだけ楽なものにしたい！

でも一気に最強の99とか255とか∞とかになってしまうのもそれはそれで味気ない！

ならば一日で1だけ確実に上がるシステムにして、レベルアップを均一間隔に保ちつつ、強くなっていく過程も楽しめる、という発想から生まれたのがこの作品の根幹で、実装したのが主人公のカルスくんなのです。

カルスくんは賢者様のところに出席すれば一日に1レベルが上がります。そこに例外はありません、出席して上がらない日はありませんし、何かすれば一日で2あがる事もありません。

一日1レベル！　出席を続ければ三ヶ月で人類最強、一年で史上最強に！

この作品はそういう話です。

出席がらみの余談ですが、わたしは学生時代皆勤賞を取ったことはありません。ゲームでのレベル上げ大好きで、徹夜してレベルを上げてたら体調を崩して休まざるを得なかったことが多々あります。

近年は出席に似たようなもので、ゲームにおけるログインボーナスという物もありますが、こっちはうっかりログインし忘れることが多く、やはり皆勤には程遠い。

もしもわたしがカルスくんだったら……サボってばかりであそこまで強くなれなかったなあ、と執筆中いつも思います。

強くなるための条件を厳しく設定しすぎたかな？　と思いますが、皆さんはどのように考えてるのが気になります……。

閑話休題。

本作のセカンドコンセプトは「仲間&絆」です。

カルスくんのまわりには魅力的な仲間がたくさんいます。

むしゃむしゃ草食系のクレア。

村人のくせにお姫様な熱血系パシリのシャーロット。

ご注文だったらうさぎ料理も出せてしまうもふもふ系のイヴ。

これらの魅力的なヒロインはカルスくんに守られるだけではなく、肩を並べて戦い、時には背中を預けるに足る魅力的な女の子達です。

彼女達と一緒に、やがてカルスくんは個人で最強になるではなく、グループ・集団でも世界最強になっていく未来予想図を思い描いています。

その二つの力でカルス一味はノンストレスな、自由気ままの生活を送っていきます。

ちなみにわたしの思い描いてる理想はヒロインの誰かが。

「あー、あそこにちょー強いのがいるからちょっと倒してくるねー」

とほのぼのムード出撃していって、カルスくんを含める他の仲間達がお茶しながら観戦・応援するシーンなんかがいいな、と思ってます。

これらのコンセプトを貫いていく所存ですので、最後まで楽しんで頂ければ幸いです。

今回はカルスくんが異世界デビューを果たし、クレアが毛虫をカンストする話まで書きました。

カルスくんはもとより、クレアもかなり強くなりました。

もし次がありましたら、今度はカルスくんを順調にレベルアップさせつつ、シャーロットも村人カンストさせたいと思います。

村人カンストもかなり強いです、いやある意味最強です、チートです。

ぶっちゃけ発動中はカルスくんでさえ倒せません。パシらせることはできますが、倒せません！

それくらい強いものです、村人は。

そこにいたるまでの話を練り上げて、なんとか形にできればな、と考えております。

最後に謝辞です。

主人公のカルスくんを格好良く、ヒロインのクレア、シャーロット、イヴを可愛らしく描いて下さったなたーしゃ様。

間に入って作品をまとめ上げて下さった担当K様。

オファーを下さり、本作を世に送り出して下さったアース・スターノベル様をはじめとする関係者の皆様。

そしてWEB版から温かく応援してくださった読者の皆様、このたび本書を手に取って下さった読者の方々に心から感謝申し上げます。

これからも全力で作品の続きを紡いで、皆様のお手元に届けられるよう頑張りますので、もし書店などで見かけましたらよろしくお願いいたします。

二〇一六年三月某日　なずな　拝

とても楽しく
描かせていただき
ました！

なたーしゃ

EARTH STAR NOVEL

# 賢者の教室～出席するだけでレベルアップ　1


発行 ―― 2016年4月15日　初版第1刷発行

著者 ―― 三木なずな

イラストレーター ―― なたーしゃ

装丁デザイン ―― 関善之＋村田慧太朗（volare）

発行者 ―― 幕内和博

編集 ―― 加藤雄斗

発行所 ―― 株式会社 アース・スター エンターテイメント
〒107-0052　東京都港区赤坂 2-14-5
Daiwa 赤坂ビル 5F
TEL：03-5561-7630
FAX：03-5561-7632
http://www.es-novel.jp/

発売所 ―― 株式会社 泰文堂
〒108-0075　東京都港区港南 2-16-8
ストーリア品川 17F
TEL：03-6712-0333

印刷・製本 ―― 中央精版印刷株式会社





ISBN 978-4-8030-0914-9